Marie I

CW00468939

MYSTÈRES ET

CHÂTIMENTS

Tome 1

Romance suspense

Mentions légales

ISBN : 9781795825108

Avertissement

Ce livre est déconseillé au moins de 15 ans. Des scènes peuvent heurter la sensibilité des plus jeunes.

Ce livre est une œuvre de fiction. Les noms, les personnages, les lieux et les événements sont le fruit de l'imagination de l'auteur ou utilisés fictivement. Toute ressemblance avec des personnes réelles, vivantes ou mortes serait purement coïncidence.

Prologue

Un beau matin, en allant travailler, Gabriel croisa le regard d'une jeune femme. Il eut le coup de foudre. A chaque fois qu'il la voyait, il ressentait une sorte d'attraction qui le poussait à vouloir l'embrasser. Rares étaient les fois où cela lui était arrivé.

De son côté, la jeune femme pianotant des notes sur son cellulaire bouscula l'homme en face d'elle, alors qu'il avait des dossiers importants dans les mains. Elle fut gênée, puis, troublée par son regard insistant. Elle l'invita dans un café pour s'excuser, ce que Gabriel accepta volontiers.

Puis, avec le temps, les discussions et leur attirance mutuelle, Gabriel sauta le pas et embrassa sa belle. Ce fut l'un des plus sincères baisers que Marine n'ait reçu.

Quelques temps plus tard, Marine et Gabriel s'étaient installés dans une maison. Le couple avait élu domicile à Chinon, dans le Val de Loire.

Chapitre 1

Gabriel et Marine étaient ensembles, toujours éperdument amoureux depuis 8 ans maintenant.

Gabriel travaillait dans une entreprise moyenne d'informatique. Il aimait son travail, une bonne équipe, un patron sympa.

Marine était maîtresse dans une école primaire et travaillait avec Léna, une amie ayant obtenu le diplôme en même temps qu'elle.

Marine aimait le contact des enfants, tout semblait parfaitement coller entre eux dans leur petite vie tranquille.

Marine, jeune femme téméraire et fonceuse du haut de ses 28 ans, avait dû faire beaucoup de sacrifices pour atteindre son métier.

Pour Gabriel, âgé à ce jour de 30 ans, la vie avait été plus difficile. Il avait eu du mal à trouver sa voie et enchaînait les sorties entre copains avant de rencontrer Marine. Un beau jour, il s'était réveillé et avait pris conscience qu'il aimait l'informatique. Il avait alors suivi des cours, puis des apprentissages, ce qui lui avait permis d'obtenir son poste quelque temps après sa sortie d'école. Il se dévouait à son travail et dépannait ses amis.

À la fin de ses études, à 30 ans, il trouva un emploi assez facilement.

La maison était bien située avec vue sur la Loire. Il y avait un salon avec un canapé et un fauteuil, ainsi qu'une télévision et une belle bibliothèque. Un coin cuisine à l'américaine, les toilettes, une salle de bains avec une baignoire et une douche. Pour la chambre, un lit double et deux tables de chevet sur chaque côté du lit et une grande armoire vitrée. A l'extérieur, un jardin avec une fontaine.

La journée s'était bien passée pour Marine qui avait préparé le repas, la recette préférée de Gabriel. Elle attendait qu'il finisse de travailler, car il finit plus tard. En général, Marine finissait à dix-sept heures. Elle rangeait et prenait des notes. Elle aimait bien rester seule après la classe pour faire le point. Gabriel finissait entre dix-sept et dix-neuf heures, sa journée dépendait des clients.

Gabriel entra et serra Marine dans ses bras en l'embrassant ; ils expliquèrent le déroulement de leur journée. Quelques temps plus tard, ils passèrent à table. Gabriel était aux anges en voyant le bon dîner préparé. Il alluma la télévision pour se divertir. C'était un reportage sur les bébés, de la grossesse à la naissance.

Marine se leva, éclata d'une colère rouge.

— Gabriel, j'en ai marre ! s'énerva Marine.

— Qu'est-ce qu'il t'arrive Marine ? demanda alors Gabriel surpris.

— Pourquoi n'arrivons-nous donc pas à avoir d'enfants ? s'interrogea Marine.

— Mais, ma chérie, cela va s'arranger, se leva Gabriel en l'embrassant.

— Non Gabriel ! Nous faisons souvent l'amour. Cela fait des jours et des mois que nous essayons et les tests sont négatifs. J'ai bien peur que tu ne sois stérile ou c'est moi la fautive, mais je ne peux continuer dans ces conditions-là. Tu ne comprends pas… On a une vie de rêve, mais je voudrais construire une famille, reprit Marine en regardant Gabriel dans les yeux.

Sur ces mots et sans réponse de Gabriel, Marine alla s'installer dans le canapé, encore énervée par cette discussion. Demain, elle prévoyait de faire des tests pour savoir si le problème venait de chez elle.

Marine contacte le médecin après sa journée de travail et arrive à avoir un rendez-vous avec le Dr Alban, qui lui fit une ordonnance pour des prises de sang.

Quelques jours plus tard, avant d'aller travailler, Marine se rendit au laboratoire pour faire son prélèvement. Elle n'avait pas pensé à prendre rendez-vous, mais par chance, il n'y avait personne.

Heureusement pour elle, le lundi était le jour où les infirmiers prenaient les patients venant sans rendez-vous et il n'y avait guère trop de monde. Un membre du personnel la voyant stressée la rassura. Marine se sentant en confiance lui expliqua alors ses craintes sous le regard compatissant de celui-ci.

Marine resta tout de même anxieuse une fois sortie du centre. Elle partit la boule au ventre au travail dans l'attente maintenant des résultats. Elle prit note de penser à demander une échographie dans les semaines à venir.

Arrivée à l'école, elle cacha son angoisse du mieux possible, ne voulant pas la transmettre aux enfants. Léna remarqua tout de même que quelque chose n'allait pas dans le comportement de Marine. Elle décida de lui en toucher un mot avant de rentrer.

— Hé, Marine ! Ma belle, qu'est-ce qu'il t'arrive ?

— Ah c'est toi ! Excuse-moi, aujourd'hui, ce n'est pas facile, avoua Marine.

— Tu veux m'en parler ? demanda Léna.

— C'est vrai que tu es une amie de longue date depuis notre concours. C'est fou ce que le temps passe ! Je peux te le dire. J'essaie d'avoir un enfant avec Gabriel, mais en vain… Je désespère, s'attrista Marine.

— Marine, ressaisis-toi ! Tu es une battante, tu fais le métier de tes rêves, tu as un homme qui t'aime ! Tu ne vas pas broyer du noir, tu arriveras à faire un bébé ! s'exclama Léna en posant sa main sur l'épaule de son amie.

— Merci ! Mais là, je n'y crois pas, je te tiendrai au courant, continua Marine.

— D'accord, conclut Léna.

Marine en retournant en classe avec les enfants, essayant malgré tout de se détendre. Elle ne voulait pas gâcher la fin de sa journée.

Le soir, lorsqu'elle rentra à la maison, elle découvrit une surprise sur la table. Gabriel lui avait offert des roses rouges, douze, comme cela faisait douze mois, qu'ils essayaient d'avoir un enfant, Marine fut émue par cette délicate attention.

— Gabriel, mon chéri, merci pour cela, murmura Marine en versant une larme.

— Ma chérie, nous sommes deux dans cette épreuve. Je ne veux pas que tu souffres et que tu te sentes seule.

— C'est gentil de ta part mon amour, pour ton geste.

Marine et Gabriel décidèrent de se mettre un peu de musique pour détendre l'atmosphère. Ils dansèrent alors un slow, tout en élégance. Marine ne pensa à rien pendant ce moment de partage. Elle se sentit volée, submergée par un amour sincère. À ce moment, elle ne pensait plus à rien. Seul leurs corps démontraient à quel point ils s'aimaient en suivant le rythme du son. Ils se déhanchèrent sensuellement les yeux dans les yeux. La main de Gabriel sur la taille de Marine et l'autre main dans la sienne.

Leurs lèvres commencèrent à s'effleurer et à se toucher, leurs mains à se rapprocher, la chaleur ambiante de la pièce commençait à monter, tout comme les frissons que Marine ressentait. Même après tant d'années de vie commune, Gabriel savait encore la faire vibrer. Le slow s'arrêta, Gabriel éteignit la musique, puis suivit du regard les courbes de sa compagne. Celle-ci avait pris une démarche sexy en se dirigeant vers leur chambre. Le couple fit l'amour, sans se fixer sur l'envie de faire un bébé, juste par désir.

Ce moment de bonheur fut soudainement interrompu par la sonnerie du téléphone de Gabriel.

Bien qu'avec Marine, il avait gardé le numéro de son ex, Anna, une partie de sa vie qu'il gardait secrète.

Aussi, fut-il surpris de cet appel. Marine voyant que Gabriel ne répondait pas, s'interrogea.

Gabriel s'approcha de Marine.

— Mon amour, je vais dehors prendre l'air, dors, je te rejoins après.

— D'accord mon amour, t'es sûr que tu vas bien ?

— Oui, Marine, j'ai juste besoin d'être seul, je t'aime, ne l'oublies pas.

— Ok mon loup, je t'aime, je vais prendre une douche, ne tardes pas trop, je t'attends.

— Oui, ma perle, à plus tard.

Gabriel sortit de la maison et se posa sur les marches en regardant les étoiles, écoutant en même temps la fontaine en poly résine avec effet verre, composée de cinq rochers avec quatre lampes d'une couleur orange pour la nuit.

Gabriel se décida alors à rappeler Anna. Celle-ci n'avait pas donné signe de vie depuis plus de dix ans, il devait savoir ce qu'elle lui voulait.

Chapitre 2

Elle décrocha après la deuxième tonalité.

— Allo !

— Bonjour Gabriel, je suis contente que tu me rappelles.

— Bonjour Anna, que veux-tu ? J'ai refait ma vie, et tu n'en fais plus partie maintenant.

— Attends, j'ai une chose à te dire. Il faut qu'on se revoie. Je sais que je t'ai laissé, il y a quelques années… Et je m'en veux.

— Anna ! Ne remue pas le couteau dans la plaie, tu m'as fait du mal. Pourquoi m'as-tu recontacté ?

— Je… Je ne peux pas te le dire au téléphone.

— Ah d'accord encore une excuse pour me voir.

— Je veux qu'on se voie bientôt, s'il te plaît... Je ne t'ai jamais oublié...

— Arrête Anna ! Je t'en prie. Mais où es-tu ?

— À Chinon, je sais que tu y vis aussi maintenant.

— Oui. On peut se retrouver au « Bar de l'Amitié » ?

— Oui et vu que nous sommes vendredi soir, demain es-tu libre ?

— Oui, à 14 h. 30.

— D'accord, on se retrouve là-bas. Je te laisse, bisous Gabriel, mon ange éternel.

Il rentre et ils échangèrent quelques banalités.

Gabriel se demandait s'il avait bien fait d'accepter aussi rapidement, si ce n'était pas trop rapide.

Il était 14 h. 15, quand Gabriel s'apprêtait à sortir pour rejoindre Anna.

Marine le stoppa avant qu'il n'ait le temps de sortir.

— Tu pars ? demanda Marine.

— Oui, je vais voir Franck, dit Gabriel l'air hésitant.

— Ah bon ? Mais tu le vois déjà toute la semaine avec ton travail ! Il a quoi ? l'interrogea Marine.

— Un problème qu'il n'arrive pas à régler, répondit Gabriel, énervé.

— Bien. A tout à l'heure, je t'aime.

— Je t'aime, dit-il en embrassant Marine sur les lèvres.

Gabriel entra dans sa voiture, en colère contre lui-même. Mentir à Marine était l'une des choses qu'il détestait le plus, mais il se voyait mal lui dire « Ho ! Ma chérie, je vais voir mon ex, tu sais celle qui m'a pourri la vie ?».

Sur cette note, il se rendit au bar. Gabriel arriva à l'heure prévue au rendez-vous.

Franck de son côté assis dans le bar avec l'une de ses conquêtes.

Anna arriva, un grand sourire aux lèvres en voyant Gabriel. Vêtue d'une légère robe noire qui épousait chacune des courbes de son corps, la belle brune aux yeux verts s'élança vers lui, perchée sur ses hauts talons noirs.

— Gabriel, merci d'être venu ! dit Anna en lui sautant au cou.

— Anna ! Lâche-moi ! Assieds-toi, il faut qu'on parle ! dit Gabriel en levant le ton.

— Bien. Je t'offre une boisson ?

— Si tu veux.

— Tu bois toujours la même chose ? l'interrogea Anna.

— Oui, ça n'a pas changé, râla Gabriel

Anna fit ok d'un signe de la main au serveur et demanda deux citronnades.

Gabriel se posait mille et une questions. Les boissons à peine posées sur la table, il enchaîna la conversation :

— Pourquoi m'as-tu appelé ?

— Gabriel, j'ai une chose importante à te dire… Mais…

— Mais ? ! Explique-toi !

— Je ne pense pas que tu sois prêt à l'entendre. C'est trop tôt.

— Anna, arrête ! Dis-moi ! Gabriel regarda Anna dans les yeux en prenant sa main.

— Voilà, je t'annonce que …

Soudain, Franck arriva :

— Salut Gaby ! Alors tu n'es pas avec ta femme ? s'exclama Franck en regardant Gabriel.

— Salut Franck, c'est gentil, mais tu me déranges là ! Ecoute, je suis en week-end et non je ne suis pas avec ma femme. Ça se voit non ? ! s'exclama Gabriel.

— Ok mon ami ! Je te laisse ! A lundi ! Au revoir, mademoiselle ! conclut Franck en partant.

Gabriel se rassit en s'excusant pour la maladresse de son ami.

Anna reprit la conversation :

— T'as une femme ? demanda-t-elle, surprise.

Elle se leva d'un bond en s'appuyant sur la table, manquant de renverser leurs consommations.

Gabriel lui répondit :

— Oui.

— Je vois.

— Tout à l'heure, tu m'as dit : « Je dois t'annoncer une nouvelle ».

— Oui, c'est vrai, mais je pense que ce n'est pas le moment…

— Attends, je suis là, dis-le, s'il te plaît.

— J'ai été contente de te retrouver, on va se revoir… Bientôt. A la prochaine Gabriel.

Anna s'avança et embrassa Gabriel sur la joue effleurant la commissure de ses lèvres.

Elle réitéra l'opération, se rapprochant dangereusement de ses lèvres. Gabriel se sentit gêné et resta sans rien dire. Il venait de comprendre qu'Anna avait sûrement encore des sentiments pour lui et surtout qu'elle lui cachait quelque chose.

Après cette entrevue, Gabriel déambula longuement en ville, puis rentra.

Marine ne lui laissa pas le temps de se déshabiller, elle lui lança directement une réprimande.

— Mon chéri, je me suis inquiétée pour toi. Tu rentres tard, sans un message, ni un appel. Je pensais que le problème serait vite réglé.

— Marine, en fait, Franck, c'était plus difficile qu'un mauvais paramètre et il m'a invité à boire un coup. Je n'ai pas pu refuser.

— Bon d'accord, pour cette fois-ci. Je t'aime et tu m'as manqué.

— Toi aussi, mon amour.

Gabriel embrassa avec amour sa femme. Marine l'emmena dans la chambre en lui expliquant que les résultats de la prise de sang n'étaient pas négatifs. Elle pouvait donc tomber enceinte. Fou de joie, le couple fit l'amour et intensément.

Chapitre 3

Au réveil, après une merveilleuse nuit, Gabriel prépara le petit-déjeuner et il disposa sur un joli plateau de bois délicatement ciselé : une rose rouge, du jus d'orange, un croissant qu'il amena à sa femme.

Gabriel s'avança vers sa chérie :

— Marine, tu peux te réveiller ?

— Oh, mon amour, c'est gentil. C'est la première fois que tu me sers au lit. Je suis surprise.

Gabriel repensa à Anna. Pourquoi était-elle partie, alors qu'elle allait lui révéler une nouvelle ?

Marine voit Gabriel perdu dans ses pensées :

— Mon amour, tu vas bien ? A quoi tu penses ?

— Oh, ma chérie, je suis aux anges, j'espère qu'on pourra avoir un enfant.

— Si on n'arrive pas à avoir d'enfants, c'est parce que t'es stérile !

— Ne dis pas ça, je ne suis pas stérile. Je vais prendre une douche.

— D'accord mon chéri. Désolée, j'ai peur, c'est tout.

Gabriel partit à la douche, laissant son téléphone sur la table de chevet. Marine s'apprêta à quitter la chambre, quand elle entendit la sonnerie du téléphone de Gabriel.

Hésitante, mais démangée de curiosité comme de remords, elle ne put s'empêcher d'y jeter un coup d'œil.

Marine regarda le message « *C'était qui la fille avec toi au bar de l'amitié ? Tu veux qu'on se voie pour en parler ? Je ne dirai rien à Marine, t'inquiète ! Mais fais attention. Salut mon pote. Franck* ».

Marine fit mine de rien et se dirigea vers la salle de bains rejoindre Gabriel. Les deux amants portés par le ruissellement de l'eau sur leurs corps, se laissèrent aller à de doux baisers dans une sensuelle étreinte.

Gabriel et Marine se changèrent. Maintenant, bien reposés pour reprendre le travail lundi.

Dans la nuit, Marine n'arriva pas à trouver le sommeil. Tournant et virant dans tous les sens, elle se leva et alla boire un verre de lait en regardant les étoiles. Elle vit passer une étoile filante et, comme lorsqu'elle était gamine, elle fit un vœu, celui de tomber enceinte. Consciente des aléas de vœux, elle voulut y croire. Quelques jours plus tard, un mercredi en fin de matinée, Marine déjeunait avec son amie Léna.

— Salut Léna, merci pour l'invitation, remercie Marine.

— Coucou, c'est normal et puis, faut faire une pause. On ne travaille pas, autant en profiter pour changer d'air. T'as une drôle de mine depuis deux jours.

— Léna, j'ai pleins de trucs à te dire.

— Vas-y, dis-moi tout.

— Je pense que Gabriel me trompe !

— Quoi ? Non ! Cela fait huit ans que vous êtes ensemble. S'il y avait eu une autre femme…

— Non, il n'y a pas de si, j'ai lu un message d'un ami à lui et depuis, Gabriel a changé, il n'est plus le même, la coupe-t-elle.

Soudain, Marine partit en urgence aux toilettes. Ce qui étonna son amie, mais elle donna une petite idée sur la deuxième nouvelle. Marine revient, gênée :

— Désolée, j'ai dû manger quelque chose qui n'est pas passé.

— Ou peut-être que c'est un événement que tu attends depuis si longtemps.

— Quoi ? ! Non, pas maintenant ! Je me pose énormément de questions sur mon copain.

— Marine, réveille-toi, c'est peut-être un signe.

— Mais au plus profond de moi-même, je l'espère, sauf que je doute de la franchise de Gabriel. Il me cache quelque chose.

— Ok ! Tu as peut-être raison. et pour ce que je te dis, fais un test, tu verras.

— Oui. Et toi, toujours célibataire ?

— Tu sais, moi, les hommes, j'en ai eu, mais à chaque fois, ils pensent à faire leurs petites affaires et à se tirer. Je ne veux pas être traitée de Sal… alors que c'est faux !

— Léna, ressaisis-toi, jamais je ne penserai à ça ! Courage, tu vas trouver le bon.

— Merci, je dois y aller, j'ai quelques courses à faire. On se voit demain ?

— Oui, bisous ma belle.

Les deux copines s'embrassèrent. Marine rentra chez elle et comme elle s'en doutait Gabriel était au travail et rentrerait tard. Marine prit plusieurs tests de grossesses. Impatiente, elle n'attendit pas le lendemain, mais, hélas pour elle, aucun ne fut positif ! Elle les jeta par terre de colère, elle pensait vraiment qu'elle était enceinte, même avec peu de symptômes. Entre la fatigue qui s'est installée et l'envie d'uriner en permanence, elle ne comprenait pas.

Marine s'assit sur le bord du lit et appela le médecin en lui expliquant les différents signes ; la fatigue et l'envie d'uriner. Le médecin lui expliqua qu'il fallait faire des échographies.

Marine alla à l'hôpital après avoir fait sa visite chez le médecin. Après les échographies et après avoir patienté pour avoir les résultats, elle retourna voir le médecin.

Il fit comprendre à Marine que si les symptômes ne s'arrêtaient pas, il faudrait le recontacter. Gabriel arriva chez lui :

— Coucou ma chérie, je suis rentré.

Marine arrive en pleurant dans ses bras.

— Je pensais que j'étais enceinte, mais ce n'est pas ça. Le médecin ne sait pas non plus pourquoi j'ai des nausées, etc.

— Ne désespère pas. Un jour, ça viendra.

— Oui, mais merde, j'en ai marre d'attendre ! Un jour, un jour, quand ?

— Ma chérie, je voudrais avoir la réponse. Je suis désolé.

— Oui, ça m'énerve, j'en peux plus, on essaye, on fait l'amour… Je suis malade. En plus, le médecin m'a prescrit un arrêt maladie de trois jours… Je vais craquer.

— Non, je suis là. Ça va aller !

Cette fois-ci, Marine partit se coucher, fatiguée, ne trouvant plus les mots.

Gabriel reçut un message « *Coucou, retrouve-moi demain au bar à dix-sept heures. Désolée pour la dernière fois, j'ai eu peur, je suis partie. Anna* »

Mais que veux-tu Anna ? Pourquoi ?

*****

Il y a deux ans, après six ans de relation, Marine a eu besoin de faire le point, donc elle demanda à Gabriel de la laisser seule. Pendant ce break, Gabriel avait revu une vieille amie qu'il avait perdu de vue au lycée. Ils avaient parlé et appris à se redécouvrir. Un soir, Gabriel avait passé la nuit chez Anna qui louait un petit appartement, ils couchèrent ensemble. Dans l'euphorie et l'amour tant partagé, Gabriel pénétra Anna sans se protéger.

Une semaine plus tard, Marine savait où elle en était dans son couple, elle était toujours amoureuse de Gabriel. Gabriel était content d'avoir revu Anna, mais il aimait toujours Marine. Ils se remirent ensemble sans

31

lui dire qu'il avait eu une aventure. Ce qu'il ne savait pas, c'est que quelques semaines plus tard, Anna apprit qu'elle attendait un enfant de lui et qu'elle l'aimait depuis le lycée.

Cette nouvelle la rendait heureuse et elle avait hâte de lui apprendre, même si elle n'avait jamais trouvé le courage de le faire. Anna voulait garder l'enfant, mais elle avait peur que Gabriel la rejette ou qu'il lui demande d'avorter, chose qu'elle aurait détestée.

Et lorsqu'elle revint deux ans plus tard, elle a appris que Gabriel était en couple avec Marine depuis huit ans. Ce fut un véritable choc pour elle.

*****

Le jeudi suivant la première rencontre avec Anna dans le bar après sa journée de travail, il la retrouva pour apprendre cette fameuse nouvelle qu'elle devait lui annoncer devant un café.

— Bonjour Anna.

— Bonjour Gabriel.

— Comment vas-tu ?

— Pas trop bien, j'ai quelque chose à te révéler.

— Oui.

— J'ai un enfant, une fille.

— Félicitations !

— Et c'est toi, le père.

— Quoi ? ! C'est une connerie, ce n'est pas drôle.

— Ce n'est pas une blague. Elle a un an et s'appelle Alice.

— Mais ce n'est pas vrai ? ! C'est un cauchemar !

Interloqué et bouleversé par cette nouvelle, Gabriel rejoignit sa voiture de l'autre côté de la rue. Au moment de traverser, la tête perdue dans ses pensées, en pleurs, il entendit un coup de klaxon. Il n'avait pas regardé, trop préoccupé par ce qu'il venait d'apprendre. Et ce qui devait arriver, arriva…

Chapitre 4

Gabriel se fit renverser par une voiture. Le conducteur, Franck, encore sous le choc n'osa pas sortir de sa voiture.

Un passant appela l'ambulance. Après les premiers soins et après avoir vérifié l'état de Franck, ils emmenèrent Gabriel aux urgences. Après avoir repris ces esprits, Franck chercha le numéro de Marine, mais ses mains tremblaient, triste pour son ami et encore sous le choc.

Gabriel a été transféré d'urgence en soins intensifs dans un état semi-conscient.

Marine reçut un coup de téléphone de Franck, étonnée de l'heure. Franck balbutia quelques mots presque inaudibles.

— Bonjour Franck, tout va bien ? s'interroge Marine.

— Bonjour… Marine, je… suis… désolé ! encore sous le choc, les larmes continuant de couler.

— Désolé de quoi ? Tu me fais peur, Franck… Qu'est-ce qu'il se passe ? s'inquiète-t-elle.

— Gabriel a eu un accident, il est à l'hôpital.

— Oh mon dieu ! Non, pourquoi ? Je te rejoins, tu m'expliqueras.

Elle raccrocha et se mit en route vers l'hôpital, en craignant le pire. Quinze minutes plus tard, en pleurs, elle arriva à l'hôpital et aperçut Franck :

— Franck ! cria-t-elle.

Il se retourne et se dirige vers elle :

— Marine, excuse-moi.

— Mais pourquoi ?

— Gabriel a eu l'accident à cause de moi. Il a traversé sans regarder et je n'ai pas pu l'éviter.

— Oh, non ! Comment as-tu pu ! ? Je ne veux pas te voir, laisse-moi seule ! hurle Marine par ce qu'elle vient d'apprendre.

— Marine, je suis encore désolé, mais laisse-moi aller le voir, je suis inquiet pour mon ami !

— Non, je n'ai pas envie que tu viennes, je te le dirai plus tard ! Pauvre Gabriel !

— Il est dans la chambre 221, en soins intensifs.

— Merci !

Marine prit l'ascenseur et monta au deuxième étage ; elle croisa un médecin.

Marine l'interpella :

— Bonjour, excusez-moi, c'est vous qui soignez Gabriel Dubois ?

— Bonjour madame, oui c'est moi-même. Vous êtes sa femme ? demanda le docteur.

— Oui, je suis inquiète. Avant de le voir, j'aimerais avoir votre diagnostic sur l'état de santé de mon compagnon.

— D'accord, suivez-moi dans mon bureau, je vais vous expliquer.

Marine accompagna le docteur jusqu'à son bureau. Il la fit entrer, ferma la porte et lit le dossier concernant Gabriel :

— Madame, je m'appelle Dr James. J'ai suivi l'état de Gabriel. Et voilà, j'ai fait passer une IRM (Imagerie par Résonance Magnétique), il a un traumatisme crânien.

— C'est grave, il va mourir ? Concernant les séquelles ? Est-il dans le coma ? s'inquiéta Marine, affolée en agitant les mains dans tous les sens.

— Madame, non, il ne va pas mourir, il a été pris en charge rapidement. C'est assez grave, il peut être amnésique. Oui, il est dans le coma. On lui a fait un déchoquage. Après, en ce qui concerne les séquelles, pour le moment, on ne peut rien vous dire. Il est trop tôt, essaya de rassurer Dr James.

— Il a quelque chose de touché au niveau du corps ?

— Oui, avec la violence du choc, il a quelques fractures au niveau du dos. Il ne sera pas remis sur pied tout de suite !

— Merci pour toutes ces informations.

Marine et le docteur se séparèrent en se serrant la main.

Marine longea les murs, envahie de frissons. La tête perdue dans un nuage de tristesse, le regard évasif. Sur ses joues glissent ses larmes.

En arrivant devant la chambre, une douce étincelle de bonheur la console : « Tu es en vie, c'est le principal ». Elle se décida à entrer, le regarda.

Elle prit une chaise et s'installa à côté de lui.

Aucun mot ne sortit de la bouche de Gabriel.

Marine se rendit plusieurs fois à son chevet, sans réponse de Gabriel. Elle voyait les jours défiler, elle pleurait, mais continuait d'y croire.

Un soir, alors que Marine s'installait sur sa chaise, elle posa sa main sur son lit.

Gabriel, en voyant Marine, prit sa main.

— Mon amour, comment te sens-tu ?

— Étrangement bien, je ne sens pas les douleurs, grâce à la morphine. Au début, ça faisait mal et de te voir me fait plaisir.

— Oh, j'ai eu si peur !

Marine appuie sur le bouton d'alerte et trois infirmiers entrent. Marine explique que Gabriel est réveillé. Ils font sortir sa femme de la chambre et appellent le Dr. James pour établir un bilan.

Quelques minutes plus tard, celui-ci apparaît à nouveau après avoir discuté avec les infirmiers.

Le Dr James rentra dans la chambre, accompagné de Marine :

— Bonjour Gabriel, je suis le Dr James. Comme vous venez de le voir, c'est moi qui m'occupe de vous. Je dois vous poser quelques questions pour voir comment vous réagissez. Comment vous sentez-vous ? Vous rappelez-vous de votre femme et ce qu'il s'est passé avant d'arriver ici ? demanda-t-il en posant sa main sur son épaule.

— Bonjour Dr James. Je vais bien… Enfin, encore la tête dans le brouillard. Je me rappelle Marine, mais mon accident est confus. Je n'ai que des flashs qui apparaissent. Est-ce grave ? répondit Gabriel.

— Bien, c'est une bonne nouvelle, vous n'êtes pas amnésique ! Rassurez-vous, Marine, il est sur la bonne voie, il va s'en sortir. Quant à vous Gabriel Dubois, il vous faut du repos, conclu le Dr James.

Marine s'approcha de sa bouche et l'embrassa.

Marine sortit de la chambre et appela la directrice de l'école pour lui dire qu'elle se mettait en congé quelques jours, le temps que Gabriel récupère.

Anna ne voulait pas aller le voir à l'hôpital. Déjà le fait qu'il y soit fut un choc pour elle. Elle ne pensait pas que quelques heures après leur rencontre un drame se serait produit. Gabriel lui avait parlé de sa femme. Elle se refusait à aller le voir même si elle avait mal pour lui.

Gabriel repensa à Anna, il se revit l'embrasser. Quand Marine voulut l'embrasser, une gêne l'envahit.

Il arrêta alors son baiser et lâcha la main d'un geste brusque.

Marine fût surprise. Elle ne comprenait pas pourquoi il avait réagi comme ça…

Chapitre 5

Marine quitta l'hôpital vers 18 heures. Elle a eu envie de décompresser.

Beaucoup de questions, se bousculaient dans sa tête. *« Pourquoi a-t-il réagi comme ça ? Pourquoi m'a-t-il rejetée ? J'ai eu peur pour lui… Et j'ai toujours dans la tête le message de Franck. Cette fille, qui est-elle ? Que me cache-t-il ? Quand je l'ai embrassé, je ne l'ai pas senti avec moi ? Cet accident lui a-t-il faire perdre ses sentiments ? Aime-t-il une autre personne que moi ? Gabriel m'aime-t-il encore ? »*

Elle va au « Bar de l'amitié » pour faire le point.

Elle va voir le barman et se demande quelle boisson prendre… Un gars la regarde. Elle est habillée avec une robe rose fuchsia décolletée dans le dos et des escarpins noirs. Il s'approche d'elle. Lui est habillé d'une chemise entrouverte sur un torse velu et d'un jean moulant.

Marine essaye de regarder ailleurs. Maintenant, il est à côté d'elle. En venant, il l'effleure.

Elle fait 1 m. 75, cheveux châtains. Lui, 1 m. 80, brun.

Il s'approche du comptoir et la frôle discrètement, ce qui la fit instantanément rougir. Il passe sa main dans ses cheveux bruns.

L'homme la trouve très belle.

—Bonsoir, c'est la première fois que je vous vois ici. C'est étrange pour une femme aussi belle que vous.

— Oui, des soucis personnels…

— Je peux vous offrir un verre ?

— Normalement, je ne bois pas.

— Vous savez, vous n'êtes pas obligée de consommer de l'alcool.

— Oui, mais là, je vais passer outre. Je ne prends pas le volant, j'ai juste une envie d'oublier.

— D'accord, je vous offre quoi ?

— Une vodka.

— Ah moi aussi, ça commence bien.

Il commande les boissons et les emmène dans un coin un peu au calme où il y a moins de bruit. Marine s'assoit, pas trop près, pour ne pas péter flanc à des ragots malvenus !

— Comment est-ce que vous vous appelez ?

— Je m'appelle Marine et vous ?

— Marine, comme le bleu de la mer. Un joli prénom. Moi, je m'appelle Kévin. Je suis heureux de faire votre connaissance. A la nôtre.

— Enchanté Kévin, une nouvelle amitié qui commence.

— Oui, vous êtes seule ce soir ?

— Oui, mon copain est à l'hôpital et mon amie n'est pas là. Donc j'ai envie de prendre l'air. Et vous ?

— On peut se tutoyer si vous voulez ? Moi, je suis célibataire. Après le travail, je viens ici. Je n'ai personne qui m'attend, c'est pour moi une échappatoire du quotidien. Je peux t'inviter à danser ?

— Bien sûr, conclut Marine en prenant la main de Kévin.

Avec l'ambiance, la musique endiablée, Marine met une main sur l'épaule de Kévin et l'autre autour de sa taille. Kévin s'approche et l'embrasse sur les joues. Elle sent son corps frissonner et elle continue à se déhancher. Kévin aime sa façon de danser, originale et sensuelle.

Marine pose sa tête sur l'épaule de Kévin. Il profite de cet instant pour y déposer un baiser dans sa nuque. Elle relève la tête, leurs lèvres se frôlent. Kévin n'ose pas par peur de la vexer. Elle a envie de l'embrasser.

Tous les deux n'entendent plus la musique et se croient dans leur bulle.

« Gabriel essaie d'appeler Marine en vain, elle ne décroche pas. »

Entre Marine et Kévin se créait une fusion. Comme un lien invisible.

Les yeux dans les yeux, leurs lèvres se touchent. Marine embrasse Kévin d'un doux baiser. Kévin ne veut pas que ce moment s'arrête.

Kévin dit des mots doux à son oreille. Il la caresse. Marine ne veut pas franchir le pas, mais elle sent en elle les battements de son cœur s'accélérer.

Elle résiste. Ses yeux brillent. Une étincelle la guide. Le pas se fait plus souple, le corps plus lourd. Kévin sent Marine entraînée, la chaleur monte.

Gabriel ne comprend pas. Elle ne répond à aucun de ses appels, ni à ses messages. Il essaie de dormir, mais ne fait que penser à Anna. Il ne se souvient plus de ses mots, ni pourquoi il a eu l'accident.

Chapitre 6

Gabriel repense à la fois où Marine est partie sans se retourner après un baiser. Il se pose des questions sur ses sentiments pour Marine et Anna. Il se sent partagé. Il se souvient vaguement d'Anna, il l'a connu au lycée et ont fait l'amour.

Perdu dans ses pensées, il n'entend pas le médecin frapper et entrer dans sa chambre :

— Bonjour Gabriel, vous allez bien ?

— Bonjour, oui mais j'ai envie de sortir, cette ambiance m'étouffe. Je me sens dans une bulle sans air.

— Je comprends. On fait encore des examens pour voir si vous n'avez pas d'autres séquelles. Vous pourrez bientôt sortir. On va vous mettre des crampons à votre plâtre. Il faudra le garder trois semaines parce que votre jambe droite est cassée. Quant à votre bras, il a eu plus de chance. Juste des nerfs déplacés, donc environ une semaine. Vous ne devriez plus sentir de douleurs avec le traitement prescrit.

— Bon, j'espère qu'avec vos médicaments je ne vais rien sentir. Pour le moment, avec la morphine, je ne sens rien.

— Oui, la morphine diminue la douleur, mais quand vous allez sortir, il n'y aura plus de morphine. Vous risquez de la sentir beaucoup plus forte le temps que votre corps se sèvre du médicament, mais à certains moments, pas tout le temps. Il faudra éviter les gestes brusques.

— D'accord, donc je sors quand ?

— Si tout va bien dans trois jours. Vous souvenez-vous de l'accident depuis votre arrivée aux urgences ?

— Non, rien.

— D'accord, vous aurez un rendez-vous hebdomadaire avec une psychiatre. S'il vous revient des souvenirs confus ou flous, dites-le. Même si pour vous ça n'a pas d'importance.

— Bien, je vais me reposer. Merci pour tout.

Le médecin quitte Gabriel.

Pour Gabriel, c'est dur de ne pas pouvoir sortir, sentir l'air. Être libre, sans branchement, il a l'impression d'être une marionnette. « Vivement que je quitte cet endroit ! Et que je retrouve Anna pour assembler le puzzle. Il me manque des pièces, grâce à elle, je pense qu'elle m'aidera. » pensait-il.

Les heures semblent une éternité. Les nuits sont longues de solitude.

Le lendemain matin, le médecin lui fait passer des examens.

Gabriel est perdu dans ses sentiments et est amnésique. Il ne se souvient plus de l'accident, comment cela s'est produit et pourquoi…

Les trois jours ont passé et le docteur lui a fait un compte rendu de ses examens. Il n'y a rien de plus qui empêcherait sa sortie à part son trou de mémoire concernant l'accident. Il faudra qu'il vienne voir une psychiatre pour recoller les morceaux et ce, une fois par semaine.

La première chose qu'il fait en sortant de l'hôpital, c'est de se rendre au bar de l'amitié.

Il est surpris, comme une sensation de revoir des choses, mais floues dans sa tête sans être concret. Il s'assoit sur la terrasse. Il se sent comme un oiseau sorti de sa cage. Certes, il n'était pas entouré de barreaux, mais de murs blancs d'hôpitaux, c'était la même chose pour lui.

Gabriel pense à Marine. Comment va-t-elle réagir maintenant qu'il est sorti ? Va-t-elle me donner l'amour comme je lui ai donné le mien ? Ou me laisser mariner, comme elle le fait depuis qu'elle est venue me voir ?

Et cette fille Anna, comment vais-je la reconnaître ? Pourquoi m'avait-elle recontacté ?

Pourquoi mon cerveau se met en veille ? J'ai besoin de lui. Mon cœur est divisé en deux, un côté parsemé de fleurs et de l'autre un froid glacial. Une âme pour me réchauffer, une femme.

C'est samedi après-midi, le soleil est là. Il écoute de la musique avec ses écouteurs, chose qu'il ne fait pas habituellement, mais il en a besoin. Il n'a pas prévenu Marine de sa sortie d'hôpital. D'ailleurs, Gabriel n'a dit à personne qu'il sortait aujourd'hui. Et soudain, alors qu'il regardait son verre, il relève la tête.

Un sourire se dessine sur ses lèvres…

Chapitre 7

Gabriel n'y croit pas : elle est là, toujours aussi belle. Il se demande s'il rêve ou si c'est un mirage. Il n'arrive pas à sortir un seul mot. Le soleil fait briller sa chevelure et sa silhouette se dresse face à lui. Face à cette situation, il se sent perplexe, doit-il s'excuser ou l'embrasser ?

Comme si le temps s'était arrêté pour qu'ils se retrouvent.

Marine s'avance vers lui, lui offre un baiser sur la joue. Gabriel tourne la tête et l'embrasse sur la bouche, elle ne refuse pas, comme un renouveau.

Gabriel sent son corps renaître après une longue pause. Après ce bisou, Marine s'assoit, encore sous le coup de l'émotion. Elle commande une boisson au serveur et commence le dialogue avec Gabriel :

— Gabriel, tu es sorti ? Je n'étais même pas au courant. Franck ne savait pas non plus. On était tous les deux inquiets à ton sujet, dit Marine en ne le quittant pas des yeux et la main dans la sienne.

— Marine, je... Je voulais respirer un peu, retrouver l'air que j'avais perdu à l'hôpital pendant ces quelques jours qui pour moi, me parurent une éternité. Je me suis demandé comment tu les passais ? Je suis content de te retrouver.

— Je comprends Gabriel. J'ai eu du mal le premier soir à dormir, après ton geste, qui m'a profondément blessé. Lorsque tu m'as rejeté... Car en plus, j'étais malade et finalement, ça s'est dissipé. Pour le moment, il faut que tu te rétablisses. Et làL je t'ai croisé, alors que j'allais à un rendez-vous avec une amie. Je dois y aller, mais on se parle plus tard, car tu as besoin de reprendre ton souffle. Je ne peux pas rester ce soir, il faut que je voie une personne.

— Ah, c'est dommage, j'aurais voulu être avec toi, pour mon retour. Tu vas rester avec ton amie toute la nuit ?

— Oui, désolée, il est 19 h. 30, elle m'attend dans vingt minutes. Je te laisse, tu peux aller à la maison.

Marine lui donne les clés du domicile et part sans explication.

« Gabriel, je suis désolée. Mon amour est peut-être tranché, je dois laisser un peu de temps après le message de cette pouf. Je suis hors de moi. Mais pour le moment, il est trop tôt pour dévoiler mes sentiments. M'aimes-tu encore ? » pensa-t-elle.

Marine partit rejoindre son amie Léna, où elle lui confierait tout. Ce soir, ce n'est pas au « bar de l'amitié », mais une surprise de lieu. Juste l'adresse : 52 rue de l'amour passionné.

Elle arrive à pied, devant la façade, mais n'y prête pas attention. Elle regarde partout et ne voit pas son amie.

Soudain :

— Marine !

— Léna, tu étais là, je regardais du mauvais côté de la rue ! dit Marine en se retournant après avoir senti la main de Léna sur son épaule.

— Alors, il te plaît cet endroit ? Je suis contente de te revoir après cette absence, répond Léna, le sourire aux lèvres.

— Oui ! J'ai hâte de rentrer à l'intérieur, s'exclame Marine.

Sur la devanture, c'est écrit « *Restaurant aux parfums surprenants* » avec de la couleur et les néons allumés pour indiquer qu'il est ouvert. Autour, des fleurs et une allée centrale qui dégagent une ambiance chaleureuse. Lorsque les deux amies franchissent le seuil de la porte, un serveur leur donne deux coupes de champagne. Intriguée par cet acte, Marine regarde l'endroit et découvre un lieu chic presque trop pour elle. Celle-ci se demande pourquoi Léna l'emmène ici sachant qu'elle n'a pas les moyens de s'offrir un repas de luxe.

Marine suit Léna qui la dirige vers la table, juste devant une scène de danse et en première place. Elle se demande à quoi elle va assister.

Les femmes s'assoient et les serveurs arrivent, leur déposent une entrée dans deux petites assiettes et lorsqu'ils sont partis, Marine commence à parler avec Léna :

— Pourquoi m'as-tu emmenée dans ce magnifique endroit ?

— Marine, je savais que Gabriel sortait aujourd'hui ; je ne voulais pas que tu passes une mauvaise soirée.

— Quoi ? Comment as-tu su pour Gabriel ? Et pourquoi je passerai une mauvaise soirée ce soir ?

— Marine, ton couple, réveille-toi ! Gabriel n'est peut-être pas celui que tu crois. Chaque jour, je me pose des questions, comment tu fais pour rester à ses côtés, sachant qu'il t'a peut-être trompée ?

— Quoi ? ! Léna, d'où tu sors ça ?

— Ah, Franck ne t'a rien dit ? !

— Léna, explique-toi ! S'il te plaît ?

À ce moment-là, les entrées sont enlevées et remplacées par le plat principal, servi avec du rosé.

— Marine, je ne veux pas que tu sois malheureuse et je te connais assez pour voir que tu souffres. Ton regard a changé. Tes envies aussi, mais pas que… Bref, Franck et moi étions ensembles au bar, quand nous avons vu Gabriel avec une autre fille. Ils étaient étrangement proches.

— Proches comment ?

— Ils se prenaient la main et lorsque nous nous sommes approchés d'eux, Gabriel s'est sentit gêné, confus, voire énervé. Tu vois, à croire qu'on le dérangeait et en plus, il a dit à Franck de partir.

— Ah, je n'étais pas au courant. Et puis, il y a eu aussi l'accident.

Les plats principaux sont débarrassés et laissent place au dessert et au spectacle qui commence coupant court à leur discussion.

Les deux femmes regardent des couples danser sur la piste sur la musique entraînante. Leurs yeux suivent chaque pas, chaque duo. Impressionnées après 15 minutes de représentation, elles finissent leurs desserts. Léna partit ensuite payer l'addition et lorsque Marine regarda sa montre, il était déjà 23 heures.

Marine remercia Léna pour la soirée, s'excusa et partit, car elle devait rejoindre une personne. Malgré tout, elle s'y refusa et préféra rejoindre Gabriel.

Chapitre 8

En rentrant à son domicile, elle trouve Gabriel assis sur le canapé, deux bougies posées sur la table.

Gabriel regarde Marine, ravi qu'elle soit rentrée à la maison.

Elle dépose son sac à main à ses pieds et s'assoit à côté de lui. Malgré la soirée qu'elle vient de passer avec sa bonne ambiance et un excellent repas, Marine en a gardé un goût amer, même si elle n'a rien laissé paraître pour ne pas blesser Léna.

Marine a appris des nouvelles dont elle n'avait pas connaissance. Selon les dires de Léna, elle aurait vu Gabriel avec une femme qui serait plus qu'une amie.

Mais s'en souvient-il ? Elle ne veut pas ouvrir une blessure qu'elle pense refermer avec l'accident, mais son malheur n'est pas le seul fautif. Marine a beaucoup de questions à lui poser, sans savoir s'il pourra lui donner un jour les réponses.

— Marine, je suis content que tu sois là à côté de moi. Je ne pensais pas te voir en fin de soirée.

Pas de réponse de Marine, elle voulait voir ce qu'il allait dire avant de parler.

— Je suis désolé, je t'ai peut-être fait du mal sans le vouloir. Je vais me coucher, je suis fatigué, tu me rejoins ?

— Oui j'arrive. Je vais prendre un bain avant, j'en ai besoin.

— Tu veux que je vienne… ?

— Non, je viendrai après, le coupa Marine avant qu'il termine sa phrase.

Gabriel ne sachant pas quoi faire, part dans la chambre et se déshabille, puis va s'allonger dans le lit pour l'attendre.

Marine passe dans la chambre, prendre un peignoir et regarde le visage de Gabriel.

Elle sent l'adrénaline monter. Elle sort et referme la porte.

Elle est toute chose dans la salle de bains. Cette sensation d'être mal à l'aise avec Gabriel.

Elle fait couler l'eau chaude parfumée à la rose, enlève délicatement ses vêtements, afin de se relaxer dans le bain, en y ajoutant une musique douce.

Elle plonge dans le liquide fumant à température idéale et ferme les yeux pour apprécier davantage cette détente.

Perdue dans un brouillard de désir, elle repense à Kévin, le beau musclé, avec qui elle a adoré faire l'amour. Elle repense à ses caresses, à son corps, son rythme intense et doux.

Elle sent une main qui la réveille de son rêve, Gabriel est à côté d'elle.

Il commence à l'embrasser. Marine a un peu d'appréhension. Son cœur est coupé en deux, d'un côté Kévin et de l'autre Gabriel.

Elle sent ses poils se dresser sur tout son corps, elle embrasse Gabriel, d'un baiser ardent et passionné. Gabriel continue et ne lâche plus.

Ses gestes sont plus forts, plus fermes. Il entre dans la baignoire où ils s'enlacent et font l'amour.

— C'est trop bon ! Continue…, s'exclame Marine oubliant Kévin.

— Oui, c'est ça… C'est délicieux… Marine, laisse-toi aller, libère-toi…

Le couple atteint l'orgasme avec une jouissance théâtrale. Ils se regardent, essoufflés, les yeux brillants. Les sourires suivis de rires, en ne pensant plus au passé, malgré les blessures de Gabriel avec sa jambe et son bras. Pendant cet instant, il n'a plus senti la douleur.

Marine se lève, ne réalise toujours pas ce qu'il vient de se passer. Peut-être que l'autre fille, ce n'est rien. Qu'une amie, elle va laisser un peu de temps avant de refaire parler d'elle.

Quant à Gabriel, il sort et ne quitte pas des yeux le corps de Marine le laissant, perplexe. Soudain, une vision lui revient : Anna, ce nom résonne dans sa tête en boucle. Il ne se souvient que de quelques événements.

Marine se dirige vers la chambre, habillée d'une nuisette sexy en soie, d'une rose claire et s'allonge sur le lit en attendant Gabriel.

Mais Gabriel s'habille dans la salle de bain. Il ne peut pas rejoindre Marine. Anna est dans sa tête. Il sort avec son téléphone, marcher dans la rue, sans savoir où se rendre.

Elle entend la porte d'entrée claquer. Elle est choquée, se sent abandonnée une nouvelle fois. Tous les sentiments se mélangent ; la tristesse, la haine, et la colère. Un ensemble pour elle, c'est trop dur de rester calme.

Elle n'a envie que d'une chose, de partir. Sa joie s'est transformée en colère. Impossible de rester là, c'est trop dur. Elle prépare sa valise, laisse un mot sur la table : *« Pourquoi ? Notre histoire est un jeu pour toi ? Que fais-tu ? Notre couple part en morceaux… Je ne pourrais plus te faire confiance. Depuis ton accident, tu n'es plus le l'homme, que j'ai connu ! Marine. »*

Sur ce, elle part chez sa copine Léna. Elle sait qu'elle a une chambre d'amie et elle est prête à l'accueillir.

Chapitre 9

Gabriel marche pendant des heures, sans retrouver le chemin de la maison, car la nuit est tombée. En pleine nuit, il tombe sur la fille qu'il a dans la tête. Il n'en croit pas ses yeux. Elle est là, devant lui. Sa bouche est figée, ses poils se dressent sur tout le corps.

Anna est là, devant lui. Elle ne trouve pas les mots non plus, elle est surprise. Depuis une semaine, ils ne se sont pas vus. Comment réagir ?

Anna s'avance et lui fait la bise. Elle lui dit alors de la suivre, s'il le veut à un endroit secret qu'elle est la seule à connaître. Elle se rend compte de son état. Elle lui propose de s'appuyer sur elle, pour l'aider. Il rougit et accepte. La marche est silencieuse.

Anna lui a menti, ce n'est pas un endroit caché, mais chez elle, ce qui interpelle Gabriel.

— Je ne devrais pas Anna… Je ne peux pas. Pourquoi j'ai ton prénom dans ma tête ? Pourquoi je me souviens juste du lycée ? Après c'est flou…

— Chut, ne dis rien, je t'expliquerai, dit Anna en mettant son index sur la bouche de Gabriel.

Il acquiesce et la suit. En entrant dans sa maison, Gabriel se demande s'il ne fait pas une bêtise, mais il est trop tard pour faire demi-tour.

Il regarde une dernière fois l'extérieur avant d'entrer.

Gabriel se sent transpercé d'un froid glacial face à ce qu'il aperçoit dès l'entrée. Il n'ose plus faire un pas.

— Anna, pourquoi ?

— Gabriel, je t'aime. Ces photos accrochées au mur représentent tout pour moi. On était si proche, j'ai eu un vide lorsqu'on s'est perdu de vue… Tu me manques. Ce que je ressens pour toi… les mots ne sont pas assez puissants.

— Anna, qui es-tu à part une amie du lycée ? Je nous vois nous embrasser sur les photos. Je n'ai aucun souvenir de ça.

— C'est à cause de ton accident Gabriel ! Je vais recoller les morceaux.

— Peut-être, s'exclame Gabriel perplexe de ces photos accrochées partout.

— Allez viens, ne reste pas à la porte.

— As-tu un copain ?

— Non, je t'aime…

— Anna, je ne peux pas, je rentre.

— Attends, il y a une chose que je dois te dire !

— Vas-y, je t'écoute.

— Je t'ai dit un fait important avant ton accident.

— Ah bon ? Ça veut dire qu'on s'est vu avant ? Tu étais là lorsque ça s'est produit ?

— Oui, alors ne pars pas et je te raconte tout, conclut Anna en lui prenant la main.

— D'accord, je reste.

Anna lui propose de s'asseoir sur le sofa et lui prépare sa boisson.

— Tiens, ta citronnade, en lui posant sur la table basse en face de lui.

— Comment connais-tu ma boisson préférée ?

— Je te l'ai dit, on était ensemble au lycée.

— D'accord. Bon, je suis prêt à entendre la vérité sur mon accident.

— On vient de se retrouver à nouveau ; je n'ai pas envie que tu agisses comme la dernière fois. Reste jusqu'à demain, je t'en supplie.

— Mais...

— Arrête, je pense que tu as besoin de repos, on en reparle demain et tout ira bien, s'exclame Anna en rassurant Gabriel.

— D'accord !

— Je te laisse ma chambre, je vais dormir sur le canapé lit.

— Merci c'est gentil.

Gabriel commence à recoller les morceaux, mais pourquoi m'a-t-elle invité ? Et Marine, que fait-elle ? Quelle heure est-il ? Quoi ? Il est trois heures du matin, pas un message, ni un appel de sa part...

Gabriel essaye de dormir, en vain. Il tourne dans tous les sens dans le lit, impossible de fermer les yeux.

Il voit une ombre : Anna qui ne dort pas, au téléphone, du moins. Il entend du bruit, quelques mots : « Gabriel, ici, oui, ne t'inquiète pas, je m'en occupe. »

Gabriel se pose des questions. Anna l'intrigue, à qui parle-t-elle à cette heure ?

Le lendemain matin, après une nuit agitée, Anna sert le petit-déjeuner au lit. Il se rappelle que c'est ce qu'il a fait quelques jours plutôt à Marine. Il remercie Anna et elle s'assoit à côté de lui en posant sa tasse fumante sur la table de chevet.

Gabriel, après avoir dégusté son petit-déjeuner se sent étrange. Il a soudain une perte d'énergie, il se sent à plat.

— Anna… Qu'est-ce que tu m'as fait ?

— Oh rien, cela va passer tout seul.

— Mais… Aide… Aide-moi… J'ai la tête qui…Mes yeux…

Quand Gabriel s'effondre, Anna a un sourire aux lèvres. Son plan machiavélique a marché, elle est fière d'elle. « Gabriel est à mes pieds, il m'obéira. Personne ne saura qu'il est chez moi. Il va regretter ce qu'il m'a fait au lycée, il ne fallait pas jouer avec moi. J'ai une bonne mémoire, tu vas le regretter. L'accident que tu as eu, c'est une goutte d'eau, comparé à ce que je te réserve et ta copine, je n'en ai pas peur, crois-moi. Elle n'existe pas pour moi… » pense Anna.

Chapitre 10

Trois jours après, Gabriel se réveille et se retrouve dans une pièce sombre, sans aucune fenêtre, juste un lit où il est allongé et une table de nuit avec une lumière. Il se demande ce qu'il fait là, ce qu'il s'est passé ? Quelle heure est-il ? Où est-il ? Que fait-il ici ?

Anna arrive et ouvre la porte, regarde Gabriel, encore sonné.

— Tu vas bien, mon amour ?

— Quoi ? ! Mais pourquoi suis-je ici avec toi… Anna, pourquoi tu dis ça, cela n'a aucun sens.

— Oh ! Mon chéri, mais on est ensemble depuis un an ! On a même eu un enfant ensemble.

— Je rêve… C'est un cauchemar, je vais me réveiller, dit Gabriel, sonné.

— Non, mon amour, je t'aime et on a des photos de nous trois même que c'est toi qui es venu habiter ici. J'ai trouvé un travail et toi tu m'as aidé avec Alice.

— Je n'ai aucun souvenir de notre fille ? C'est normal ?

— Oui, tu étais dans le coma, tu ne l'as pas vu. Alice est âgée d'un mois et demi.

— Ah bon ? Je peux la voir ? Et pourquoi j'ai ma jambe ainsi que mon bras droit dans le plâtre ? J'ai eu un accident ? C'est pour ça que j'ai été dans le coma ? s'interroge Gabriel.

— Oui, tiens ça, c'est ta citronnade que tu adores…

En tendant le verre à Gabriel, elle lui donne une drogue très puissante à petite dose, invisible et inodore dans la boisson. Gabriel adore. C'est pour lui, une boisson énergisante, il ne peut pas s'en passer. C'est ce qu'Anna a remarqué donc, chaque jour, elle lui donne sa drogue.

Pendant ce temps, Marine est rentrée au studio pour voir si Gabriel est revenu. Elle est choquée, rien n'a changé de place, depuis la dernière fois. Son mot est toujours posé sur la table. Elle se demande même si Gabriel est parti définitivement sans explication.

Marine l'appelle, trois fois, sans aucune réponse de sa part… Elle lui envoie un message « *Je ne comprends pas, tu me laisses comme ça, en plan… T'es où ? J'ai besoin d'explications. Le médecin ne comprend pas. Tu avais un rendez-vous, tu n'y es pas allé. Il m'a demandé, je ne savais pas quoi répondre, car je n'avais aucune idée de l'endroit où tu étais. Si tu ne réponds pas à ce message, j'aurai compris, tu pourras m'oublier, j'aurai tourné la page. Bref, on a été ensembles pendant 8 ans, une semaine sans réponse… »*

Anna sort de la chambre où Gabriel est enfermé dans une pièce insonorisée. Anna allume le téléphone de Gabriel pour regarder si quelqu'un pense à lui. Elle voit 5 appels en absence et un SMS de Marine. Anna fait un sourire, suivi d'un rire diabolique. Grâce à ce message, qui met fin à leur relation, personne ne va se préoccuper de lui.

Anna laisse Gabriel seul et va s'occuper d'Alice qui pleure dans sa chambre.

Anna prend sa fille dans les bras et l'emmène voir Gabriel.

— Regarde mon amour, elle te ressemble.

— Oui, Anna, Alice est très belle.

— On forme une bonne famille, tous les trois…

— Oui, je voudrais bien ne plus avoir ces problèmes de mémoire, je souffre, s'exclame Gabriel, plein de désespoir.

— Tu vas bientôt ne plus avoir mal. L'heure tourne, je te laisse ; à toute à l'heure. Alice est bien dans tes bras, elle s'est endormie. J'ai mis son landau à coté de ton lit. A ce soir.

Gabriel n'a pas le temps de dire un mot, que sa porte est déjà refermée sur lui et Alice.

Anna sort en ville. Elle habite à trente minutes du centre, en campagne, dans une maison entourée d'une forêt. Elle monte dans sa voiture et se dirige au « bar de l'amitié », car elle a rendez-vous avec une personne familière.

À quinze heures, elle arrive. La personne en question n'est pas encore sur place. Elle regarde autour d'elle, pas d'affiches de recherche, rien pour semer le doute.

Franck arrive :

— Salut grand frère, s'exclame Anna.

— Salut petite sœur, répond Franck.

— Tu vas bien ?

— La vie reprend son cours doucement. Tu sais depuis que j'ai eu l'accident, pour moi, c'est difficile.

— C'est un mauvais passage. Tu vas t'en remettre avec le temps.

— Anna, j'ai une amie qui s'inquiète, d'où ce rendez-vous à l'improviste.

— Quoi ? Comment ça une amie s'inquiète ? Qu'est-ce que j'ai à voir avec cette histoire ?

— T'as toujours cette façon de t'énerver, laisse-moi t'expliquer.

— D'accord, mais asseyons-nous. On ne va pas rester debout à discuter.

Anna choisit un coin dans le bar, loin de la terrasse, malgré le soleil et la chaleur, ce qui étonne Franck. La connaissant, elle aurait choisi de s'asseoir à l'extérieur.

— Pourquoi tu te mets dans ce coin où il n'y a presque personne ?

— Je vais te le dire…

Anna enlève ses lunettes de soleil. Franck est étonné.

— Mais qui a fait ça à tes yeux si magnifiques, d'un bleu d'azur ?

— Un mec, une histoire. Tu les connais, quand tu ne réponds pas à leurs désirs, ils te frappent et tu te prends un œil au beurre noir.

— Il ne faut pas laisser faire ça, allons porter plainte.

— Non, ça servira à rien. J'étais trop saoule, je me souviens plus de sa tête, laisse tomber. Merci grand-frère, je sais que je peux compter sur toi.

— Mais c'est normal petite sœur. On se voit peu, mais je ne veux pas qu'il t'arrive du mal. Tu sais l'amie, elle cherche son copain et une fois je vous ai vu ensembles.

— Ah oui, qui c'est ?

— C'est Gabriel, l'accident de voiture, c'est lui. Tu ne l'as pas vu ?

— Non.

— Pourtant la dernière fois, vous sembliez très proches lorsque je vous ai vus…

— Ah, tu parles du câlin ? Non, c'était pour un CDI que j'ai signé et vu que Gabriel est un ami du lycée, bah il était heureux pour moi.

— Ah ! Mais c'est cool pour toi. Tu as un travail stable avec ton métier d'infirmière de nuit.

— Oui, mais je suis désolée pour ton amie. Je ne savais pas que Gabriel était son ami ni qu'il était disparu.

— En plus, avec Gabriel, on travaillait ensemble.

— Ok, bon je dois y aller. J'ai un rendez-vous.

— D'accord, bisous petite sœur, à bientôt.

— À bientôt, bisous.

Anna est contente, Franck ne s'est douté de rien.

Chapitre 11

Marine voit le temps qui passe très lentement depuis que Gabriel est sorti de l'hôpital

Il n'est venu qu'une seule fois. Il m'a fait l'amour et me laisse en plan. Tout ce qu'on a partagé, ces moments intenses… Où es-tu, Gabriel ?

— Comme tu es en arrêt de travail, personne ne t'a vu, pas même Franck. Malgré mes appels et mes messages, tu ne m'as jamais répondu, même si l'un d'entre eux était très important.

— Que fais-tu Gabriel, t'as une maîtresse ? Tu veux me quitter ? Dis-le en face, putain, je vais devenir folle à t'attendre. Tu me fais du mal. Je souffre du manque de ta présence, reviens. Mon cœur bat en saccade, mes larmes coulent. Je n'ai toujours pas repris l'école, je ne peux pas, c'est trop tôt. Je n'arrive pas à me concentrer, mes pensées vont vers toi.

Kévin m'appelle. Je ne réponds plus, je fais la morte, je ne veux pas qu'il me voie comme ça. Je reste enfermée, je ne m'habille plus et je mange de moins en moins. J'ai dû perdre au moins cinq kilos. Je me sens seule, terriblement seule.

Je ne regarde et n'écoute plus la télévision qui parle de drames, meurtres, tant de choses si tristes.

Le studio dégage encore ton odeur si délicate. Elle est toujours présente. Lorsque je m'allonge sur le lit, je me rappelle où tu dormais à poings fermés et moi je te regardais.

Ton souffle sur ma joue, ton amour, tes mots doux chaque fois que tu partais travailler et du jour au lendemain, tout s'écroule. Je ferme la porte de la chambre, me laissant tomber et laissant mes larmes s'échapper.

Un silence règne. Je n'entends que le carillon du salon sonner les heures comme la fin.

Aujourd'hui, dimanche, j'avais prévu de faire une sortie avec toi, près du Loir, en nous tenant la main, en prenant notre temps. Cela dit, là, je me sens incomplète, abandonnée, lorsque j'entends la sonnette de la porte d'entrée résonner jusqu'à la chambre. Je n'ai ouvert aucun volet pour laisser l'obscurité comme mon cœur noirci de chagrin.

Qui peut vouloir venir me voir à neuf heures du matin ? J'entends la personne qui sonne et qui frappe plusieurs fois avec insistance. Je me lève et marche vers l'entrée.

Enfin arrivée, j'ouvre la porte. Mes yeux sont émerveillés. Je me jette dans ses bras comme une corde qui me sauverait d'un trou sans fond. Ce n'est pas la personne que je voulais, mais ça comblera mon vide pendant un petit moment.

Il me regarde comme un clou rouillé et souillé.

Je le fais entrer toujours sans un mot, mes larmes ne s'arrêtent toujours pas.

Je m'assois à côté de lui. Kévin est venu me voir, j'attends ses explications.

Il me regarde dans les yeux, qu'ils sont beaux. Il me prend la main et pose son autre sur ma cuisse.

Je ne dis rien. J'ai besoin de sentir de la chaleur et de me sentir aimée.

— Marine… dit-il.

— Oui…

— Qu'est ce qui s'est passé ? Je t'aime… Pourquoi pleures-tu ? Pourquoi ce silence aux appels et aux messages ?

— Kévin, je… Je suis contente de te voir… Je n'ai pas envie de t'expliquer mes ennuis… Je suis perdue, mon cœur souffre.

— Chaque jour, je pense à toi depuis qu'on s'est dévoilé l'un à l'autre. Je ressens quelque chose que je n'avais jamais ressenti auparavant. Mon corps réagit instantanément au contact du tien.

— Je suis désolée…

— Ne le sois pas, ne t'excuse pas, je t'aime.

— Je ne sais pas, mon cœur est troublé.

Marine regarde ses yeux tendres, sa main sur son épaule et l'autre qui caresse sa jambe. Cela la trouble énormément, elle rougit.

J'en ai marre de me morfondre et si Gabriel m'aimait vraiment, il serait revenu. Rien, aucune nouvelle. Kévin, je le vois, il a envie de moi et de mon corps, de mon amour. Je ne peux pas lui expliquer la situation. Déjà qu'il sait que mon copain a eu un accident, le reste me concerne.

Je regarde le corps de Marine. Je vois bien qu'elle a des sentiments pour moi, pourquoi ne me dit-elle rien ? Je la rassure du mieux que je peux. Je suis au courant pour son copain, mais la voir en pleurs me met en colère. Une jolie femme qui se met en quatre pour lui. Je ne peux pas accepter ça.

Marine s'avance et effleure ses lèvres, Kévin se rapproche et l'embrasse. Elle se laisse emporter de désir et d'affection. Elle se sent apaisée. À chaque caresse, elle ressent un frisson. Ses poils se dressent sur son corps, ce que Kévin remarque, le poussant donc à continuer. Cependant, il ne veut pas aller trop vite par peur de la brusquer.

Marine sent qu'il a envie d'aller plus loin comme la dernière fois. Elle n'attend qu'une chose, qu'il lui montre qu'il l'aime. A ce moment, une chose inattendue vient les interrompre.

Elle entend la sonnette retentir. Elle a peur que ce soit Gabriel ; elle envoie Kévin se cacher dans la chambre.

En ouvrant, c'est Léna en pleurs.

Chapitre 12

Léna entre. Marine dit à son amie qu'elle a entendu un bruit dans la chambre et qu'elle va voir ce qu'il se passe. Marine explique à Kévin qu'une amie a besoin d'elle et qu'il y a une porte derrière la maison. Kévin en sortant l'embrasse d'un baiser langoureux, laissant Marine pâmée.

Quelques minutes plus tard, Marine voit Léna juste derrière son épaule. Surprise, elle sursaute.

— Hey, ça va ? demande Léna.

— Oui, merci, retournons dans le salon.

— D'accord.

Léna s'installe sur le canapé et Marine sert à boire.

— Alors qu'est-ce qu'il se passe ? s'interroge Marine.

— Et bah voilà, je ne t'en ai jamais parlé avant…

— Oui, je t'écoute.

— J'ai un copain.

— Ah, je suis contente pour toi.

— Mais j'ai un problème.

— Lequel ?

— On est ensemble depuis un an. Au début il était là, présent. Le mec idéal, tu vois.

— Oui et maintenant ?

— Depuis quelques semaines, je sentais un truc qui n'allait pas. Il m'offre des fleurs comme ça, m'invite au restaurant. Je sens quelque chose de louche.

— Hum, c'est-à-dire ?

— Normalement, je ne fouille pas dans sa veste. Je sais qu'il travaille tard le soir, mais là, je suis tombée de haut. Il a un papier avec un numéro.

— Et tu l'as appelé, il s'est passé quoi ?

— Ecoute, derrière c'est marqué « J'ai été heureux de faire ta connaissance, j'espère en savoir plus sur toi. Depuis le temps que j'attends ce moment. »

— Ah, c'est troublant.

— Oui, je pense qu'il me trompe et il traîne avec Franck.

— Ah oui.

— Le soir, il sort et il rentre vers deux ou trois heures du matin…

— En effet Léna, c'est bizarre.

Le téléphone de Léna vibre. C'est son copain qui l'appelle. Elle ignore et l'éteint. Léna se demande si avec Gabriel, tout va bien de son côté, depuis qu'il a eu son accident.

— Et toi, Marine ? Deux semaines qu'on te voit plus à l'école. La remplaçante est sympa, mais je me fais du souci pour toi. Gabriel n'est pas avec toi ?

— Je… Non…

— J'ai dit un truc qui ne va pas ?

— Non… juste des problèmes qui s'enchaînent…

— Quoi ? Explique-moi.

— Je m'inquiète pour Gabriel ! Depuis des jours sans nouvelles.

— Il est sorti ?

— Oui, depuis une semaine.

— Super, tu l'as revu ?

— Oui, vite fait.

— Comment ça vite fait ?

— Gabriel, je l'ai croisé. Il est revenu à la maison une nuit et depuis je ne l'ai pas revu.

— Tu l'as appelé ?

— Oui, pas de réponse, ni en sms.

— Ça fait combien de temps ?

— Quatre jours.

— Déjà ? bizarre…

— Oui. Léna, je suis désolée, mais je dois te laisser. J'ai besoin de me reposer.

— D'accord, je comprends.

— Merci d'être venue.

— A la prochaine.

Marine, à 22 h. 30 part se coucher et pense à Gabriel. Impossible de dormir.

Le lendemain, toujours pas de nouvelles. Elle pense qu'il a tourné la page. Elle ne lui envoie plus de message.

Les jours passent. Marine pense à Kévin, lui qui donne l'amour, sincère et pur pas comme Gabriel. Elle décide de le rappeler.

— Allo ! Marine, quelle joie de m'appeler !

— Oui, Kévin, tu me manques, je veux sentir tes bras, je me sens vide, seule, déprimée, aide-moi…

— Tu veux que je vienne ?

— Non, rejoins-moi au « bar de l'amitié », une surprise t'attendra à midi.

— D'accord, à tout à l'heure.

— Bises, à toute.

Marine regarde le réveil. 10 h. 30, ça lui laisse une heure trente pour se préparer. Elle va dans la salle de bains, se regarde dans le miroir. Retourne dans la chambre, ouvre sa garde-robes. Ne sachant pas quoi choisir, elle met plusieurs tenues sur le lit. Elle essaye un jean noir moulant avec une chemise blanche, mais cette tenue ne correspond pas à ses attentes.

Marine choisit une autre tenue, plus décontractée : une jupe sobre, avec un collant, ainsi qu'un t-shirt. Elle se trouve trop provocante.

Cette fois-ci, elle décide de prendre la robe que sa mère lui a offerte. Très marquée par son enfance, cette robe lui rappelle des souvenirs, mais pour elle, c'est ce qu'il lui faut, parfaite à son goût. Une robe rouge bordeaux, légèrement décolletée, mais pas vulgaire avec un gilet beige et des escarpins noirs à talons.

L'heure tourne, Marine s'aperçoit qu'il est 11 heures et quart et qu'il lui faut 30 minutes pour y aller. Elle se met du maquillage et quelques petites touches personnelles. Elle prend son sac à main et se met en route pour le rendez-vous.

Marine arrive à l'heure, même un peu en avance et regarde les gens qui défilent autour d'elle. Elle se sent observée mais ne voit personne l'épier. Elle se dit que c'est son cerveau qui fait des siennes.

Anna a prévu de sortir et elle va à l'hôpital emmener sa fille qui est gravement malade. Plusieurs jours qu'Alice a de la fièvre, mais rien ne fait effet.

De retour, elle appelle un médecin, ami d'enfance en qui elle a confiance, pour voir l'état de Gabriel concernant sa jambe et son bras. Le médecin est au courant de l'accident qu'il a eu.

Il arrive à l'adresse indiquée et frappe. Anna le fait entrer.

Le médecin entre dans la chambre. Il trouve son patient en état de choc, les yeux regardant le plafond.

— Monsieur, vous m'entendez ?

— …

— Serrez-moi la main, je vous en prie.

Gabriel réagit. Il prend son pouls qui est faible. Anna espère que son plan ne va pas tomber à l'eau.

— Bien, regardez-moi.

Gabriel essaye de se concentrer et de le regarder.

— Parfait. Je vois que vous reprenez vos esprits. Vous souvenez-vous de votre accident ?

Des flashs parviennent à Gabriel. Il se met à hurler. Anna s'excuse et explique qu'elle va s'arranger pour le calmer. Le docteur s'étonne, mais semble comprendre la situation. Il part, mais reste intrigué, car c'est bien la première fois qu'un de ses patients réagit ainsi. Il ne comprend pas et reviendra dans une semaine.

Gabriel se sent mal, sans énergie.

— Et moi, Anna, je ne viens pas ?

— Non, mon chéri, tu restes là. Je n'en ai pas pour longtemps.

— Mais pourquoi je ne sors pas ? Pourquoi je reste dans cette chambre ?

— Tu ne sors pas vu ton état, tu ne peux pas. Je m'occupe de toi. C'est pour cela que tu restes dans cette chambre. Prends tes médicaments sur la table.

— D'accord, si tu le dis, je te fais confiance.

Anna fait style de sortir et reste derrière la porte.

Quand soudain elle entend le verre tomber, un rire raisonne le long de la maison.

Chapitre 13

Anna décide de continuer son stratagème en allant mettre Gabriel dans une salle en-dessous de la maison, une pièce secrète que seule Anna connaît.

Kévin arrive au bar. Il est émerveillé en voyant Marine si radieuse qui lui sourit.

Kévin la prend dans les bras.

— Que tu es belle !

— C'est ça ma surprise !

— Ta robe est magnifique, comme toi, tu es sublime !

— Alors embrasse-moi.

Kévin et Marine, une nouvelle histoire d'amour vient de commencer.

Anna se sent plus tranquille.

Les médecins ont donné un traitement pour sa fille.

Maintenant, Gabriel est menotté aux mains et aux chevilles à une chaise. Et comme ça ne suffisait pas, elle lui a bandé les yeux.

Gabriel se réveille en état choc. Il tremble de partout, se débat, se sent mal.

— Anna ! Anna ! Annaaaaaaaaaaaa !

Anna est juste au-dessus dans une chambre, le regardant grâce aux caméras de surveillance qu'elle a installé pour mieux le surveiller et le faire souffrir. Un cri de douleur sort de sa bouche.

— Anna, à l'aide, j'ai mal… Je souffre.

Maintenant, elle le voit comme un jouet. Elle aime la souffrance qu'elle lui inflige.

Quelqu'un sonne à la porte, mais qui ça peut être ? Anna n'attend personne.

Elle ouvre la porte.

— Franck !

— Anna ! dit Franck content de revoir sa sœur.

— Euh, tu fais quoi ici ? s'interroge Anna.

— Je passais dans le coin et comme je savais que t'habitais par-là je suis passé te faire un petit coucou.

— Merci mon frère. C'est sympa, je t'attendais à vingt-et-une heure.

— Je ne dérange pas, je peux entrer ?

— Non, entre.

Anna emmène Franck dans le salon et lui sert un verre de whisky.

— Alors que deviens-tu ? demande Franck.

— Étant célibataire, tu vois le genre.

— Oui, attends, j'entends des pleurs d'enfants.

— Je reviens, ne bouge pas, d'accord.

Anna va voir Alice et lui donne ses médicaments. Une fois endormie, elle revient voir Franck.

— Tu as un bébé ?

— Euh…

— Dis-le-moi, je ne l'ai pas encore vu.

— Franck, oui j'en ai plutôt une. Bon, c'est ma vie.

— Et Anna que t'arrive-t-il ? Je ne veux que ton bonheur.

— Franck, tu ne peux pas comprendre, s'énerve Anna.

— Explique-moi ! Tu es célibataire et tu as un enfant ? Pourquoi ne m'as-tu rien dit ?

— C'est difficile pour moi d'élever cette enfant seule, c'est pour ça !

— Anna, je suis là !

— Je n'ai pas eu besoin de toi. Pendant des années, je me suis débrouillée seule ! Tu n'es jamais venu et là, tu débarques et tu veux m'aider ? C'est hors de question !

— Eh ! Ma petite ! Calme-toi ! Si tu ne veux pas de moi, je me barre et je te laisse !

— Laisse-moi ! Tu ne comprends rien ! C'est ça, abandonne-moi encore une fois, comme après la mort des parents ! Abruti ! dit Anna en s'emparant d'une assiette et la lançant à frôler son frère.

— Ok ! Comme tu voudras ! Je voulais recoller les morceaux. Malheureusement, je vois que tu es pire qu'avant et tu ne t'es pas faite soigner. Tout se paye, retiens-le ! Ciao !

— C'est ça ! Barre-toi ! Laisse-moi tranquille !

Anna s'avance et claque la porte, après que Franck soit parti. Elle s'écroule la tête entre les mains « Je ne suis pas folle » en secouant son corps d'avant en arrière.

Trois heures plus tard, Anna revient à la raison et va voir sa fille qui dort comme un ange.

Elle voit Gabriel et n'a plus la force de jouer avec lui. Anna va dans sa chambre et s'endort profondément en comprenant qu'elle vient de perdre son frère, car la colère l'a poussé à bout. Elle se dit « trop tard, le mal est fait, je n'ai pas besoin de lui pour arriver à mes fins ! ».

Marine regarde son téléphone. Toujours pas de message de Gabriel, mais elle commence à reprendre une vie normale. Elle retournera à l'école primaire la semaine prochaine après quatorze jours de RTT, du fait de tous ces événements.

Le samedi est arrivé. Elle se sent merveilleusement bien. Kévin a prévu une surprise pour elle. Il vient la chercher à midi chez elle. Marine sent renaître la femme qui dormait en elle, jusqu'à l'arrivée de Kévin.

Anna, toujours dans sa folie, regarde Gabriel comme un être sans défense. Démunie de tout, elle vérifie son téléphone, sa chère Marine a définitivement coupé les ponts avec lui et Franck ne viendra plus. Elle ne risque donc plus grand-chose. Elle commence à se détendre.

Marine se prépare, met un pantalon moulant noir avec une chemisette bleu clair et des escarpins noirs. L'heure approche. Elle se maquille et décide d'envoyer un message à Gabriel : « *Gabriel, pendant huit ans, j'ai cru en toi. Tu me laisses comme ça, sans message, sans explication. Tu aurais pu me dire que tu as rencontré une personne. Là, chaque jour passé depuis ta sortie, lorsque je t'ai revu et que nous avons fait l'amour, je me sentais à nouveau aimée. Tu es parti le soir même pour une raison totalement inconnue. On voulait un enfant pour construire une famille et bien ce ne sera pas avec toi. Maintenant, oublie-moi, n'essaie pas de m'appeler, c'est terminé notre histoire. Adieu Marine.* ».

Marine est soulagée. Elle a dit ce qu'elle pensait vis-à-vis de Gabriel.

Kévin arrive. Elle ouvre des yeux remplis d'étoiles. Il a pris soin d'apporter un bouquet de fleurs.

— Coucou mon cœur ! Oh, elles sentent super bon ! Ce sont mes fleurs préférées !

— Oui ma chérie, j'ai pris soin de prendre des roses rouges pour te montrer combien je t'aime.

Kévin lui bande les yeux et l'emmène dans un bon restaurant.

— Voilà, nous sommes arrivés.

Il lui ôte son bandeau.

— Mais comment connais-tu mon restaurant préféré ? J'adore manger chinois.

— Je connais tes goûts. Je t'aime. Je m'intéresse à toi et aux choses que tu aimes.

— Je t'aime, merci pour cette surprise.

Un dîner romantique aux chandelles ? Gabriel ne lui a jamais offert un festin.

Ils passent ensuite un week-end de rêve.

Léna croise Franck, songeur, sur une terrasse.

Elle va à sa rencontre :

— Bonjour Franck !

— Bonjour Léna, dit-il en lui faisant la bise.

— Comment vas-tu ?

— Pas la forme et toi.

— Qu'est-ce qu'il t'arrive mon ami, parle-moi. On se connaît depuis le lycée. Raconte-moi.

— Bien, j'ai revu ma sœur.

— Quoi ? Tu es allé voir Anna ! Elle n'est plus enfermée ?

— Voilà où je voulais en venir. Figure-toi que non, cela m'a semblé bizarre. Les médecins l'ont relâchée, mais j'ai vu autre chose de plus surprenant.

— Vas-y, je t'écoute !

— Elle a un enfant.

— Tu es sûr ?

— Oui, elle ne peut pas garder d'enfants. Cela ne peut être que le sien.

— Étrange et comment ça s'est passé ?

— Au début, bien et accueillante. Ensuite, elle s'est énervée. Pour te dire, elle m'a jeté une assiette qui m'a frôlé. Elle est passée juste à côté de ma tête. Plus jamais, je ne remettrai les pieds chez elle !

— Il y a un truc qui me choque. Elle a été enceinte, eu un enfant, mais de qui ? Tu as vu une personne chez elle, un gars l'accompagnait ?

— Non, elle était seule, mais je sentais que je la dérangeais, vu comment elle s'est comportée avec moi.

— Bizarre, j'irai lui rendre visite. Cette femme me semble perdue et avec son passé, je suis sûre qu'elle a un truc derrière la tête.

— Tu crois ? Fais attention si tu vas la voir.

— Oui, bien sûr, je vais la guetter.

— Léna, merci. Je suis content d'avoir passé un peu de temps avec toi. A bientôt. Je dois y aller.

— Pas de problème Franck, à bientôt.

Léna se pose des questions, enceinte de qui ? Gabriel qui disparaît ! Elle sent un truc louche.

Chapitre 14

Léna mène son enquête. Le lendemain, le dimanche, elle va voir la maison d'Anna.

Elle reste dans la voiture pour voir ce qu'elle va découvrir, quand Anna sort avec une gamelle et un verre. « Mais elle va où ? Et elle l'emmène ça à qui ? C'est trop suspect, je vais voir… »

Léna sort de la voiture sans bruit et découvre une grande maison sombre, froide avec une allée et un portail. « Zut, il est fermé à clé, heureusement je sais bricoler. »

Léna, après plusieurs tentatives, réussit à ouvrir le portail et sans le claquer, le referme. A l'intérieur de la propriété, elle suit la direction d'Anna toujours en restant discrète.

Elle se cache derrière un mur où trônent des fleurs. Elle jette un coup d'œil à droite et à gauche : personne. A côté, se trouve un escalier. Elle descend doucement, une porte. Elle parvient à l'ouvrir et entre quand soudain, elle se ferme. Un gros bruit sourd retentit.

Anna est satisfaite. Une nouvelle personne s'est fait prendre dans son piège.

Anna laisse Gabriel, après lui avoir donné à manger et à boire.

En sortant de la pièce où est enfermé Gabriel, un long couloir avec plusieurs portes de chaque côté.

Anna se retrouve face à Léna.

— Alors mademoiselle, on a perdu son chemin ?

— Non, Anna ! Que fais-tu dans cet endroit sordide ?

— Tu connais mon prénom ? Laisse-moi te dire une chose, tu m'appartiens désormais.

Anna s'avance et avec une batte de fer, l'assomme et l'attache dans une pièce. Elle lui prend son téléphone et balance un seau d'eau à Léna pour la réveiller.

— Mais ça ne va pas ! Mais je suis attachée. Laisse-moi partir ou alors ?

— Ou alors quoi ? J'ai ton téléphone et tu es attachée. Tu es entrée dans ma propriété, j'aurais pu porter plainte. Mais ça serait trop facile. Puisque tu es là, tu ne vas pas t'en sortir.

— Mais pourquoi es-tu libérée après ce que tu as vécu ? Pourquoi tu continues ? Ca ne t'a pas servi ton séjour psychiatrique ?

Anna s'avance et met une gifle à Léna.

— Ne dis pas ça ! C'est mon passé, ça me regarde ! Pour le moment, reste tranquille. Je m'occuperai de toi, plus tard.

— Tu vas où ? Je n'en ai pas fini avec toi ! Reste là ! Franck, ton propre frère a voulu t'aider et tu l'as viré !

— Ma belle, ce ne sont pas tes affaires ! Mêle-toi de ce qui te regarde ! Ok, j'en ai assez entendu ! Tu as trop tiré sur la corde.

Anna sort de sa poche un bandeau et un bout de corde. Elle place le bandeau sur les yeux et la corde dans la bouche de Léna.

Anna va revoir Gabriel.

— Tu n'es plus seul, mon cœur et je t'aime. Je fais tout ça pour toi, pour nous.

— Anna, pourquoi je suis attaché ? Marine, où est-elle ? Pourquoi je ne suis plus seul ?

— Marine, mais tu rêves. Il n'y a que nous deux et Alice, notre enfant ?

— Quoi ? Mais nous n'avons été qu'une fois ensemble, il y a longtemps, c'est du passé. Où est ma femme ?

— Tais toi !

Anna s'avance et lui fait boire un produit fort avec de la drogue et de l'alcool.

Il tombe dans les pommes ou peut-être plus grave. Anna a augmenté la dose de l'alcool et de la drogue. Ce n'est pas un bon mélange. Avec son baby phone, elle entend Alice pleurer. Elle s'en va et laisse Gabriel en refermant la porte, ainsi que celle de Léna et remonte.

Quand un message retentit sur le téléphone de Léna *« J'ai passé un excellent samedi et un dimanche bien reposant. Je suis prête pour reprendre demain. Léna, je t'attends comme d'habitude, dans la salle de réunion à 7 h. 30. Bisous ma belle. Marine »* À la réception de ce SMS, Anna ne sait pas s'il elle doit répondre ou au contraire l'ignorer.

Pour le moment, elle le laisse de côté et va s'occuper d'Alice qui a besoin de ses médicaments à l'heure précise. Le traitement fait effet, elle commence à avoir moins de fièvre.

Elle la berce et elle s'endort.

Anna se repositionne devant son ordinateur pour poursuivre la surveillance. Elle regarde Gabriel avec des yeux tendres et regarde avec colère cette femme. Avec sa venue, son plan est plus fragile. « Pourquoi est-elle arrivée ici ? Mince, je n'ai pas fait attention si elle était à pied ou en voiture. » Anna court et rentre la voiture dans son garage. Il y a la place, on peut en mettre deux.

Une fois la voiture en place et Anna remise devant son ordinateur, dans une pièce secrète, elle entend la sonnette.

Anna traverse le couloir et se dirige vers la porte. Ce qu'elle voit la laisse sans voix. Anna s'interroge. Elle n'a pas envie de faire entrer la personne, mais celui-ci insiste et fait tout pour rentrer. Anna se demande ce qu'il fait ici. Il va finir par réveiller Alice.

Anna est surprise, regarde l'heure à l'horloge de l'entrée. Son cœur palpite plus vite, dans la détresse. Elle se laisse glisser en bas de la porte.

Le bruit de la sonnette cesse, la personne attend impatiemment que la porte s'ouvre.

Chapitre 15

Liam, le copain d'Anna, ne l'a jamais oubliée. Bientôt trois ans qu'ils ont eu leur liaison.

Ils s'étaient rencontrés au travail. Anna travaillait à l'inventaire d'une boîte et Liam l'aidait de temps en temps. Au fil des mois, une relation amoureuse est née entre eux. Anna, très fusionnelle avec Liam, savait le surprendre, le combler, jusqu'au jour où elle est partie sans aucune raison, sans un mot. Liam a cherché sa trace, partout, jusqu'à qu'il la retrouve aujourd'hui.

Anna n'en revient pas. Il est là, juste derrière la porte. Elle se sent tellement heureuse et affreusement mal. Elle repense au bébé, ainsi qu'aux personnes. Tout lui tourne dans la tête. D'un geste brusque se lève et ouvre la porte.

Liam n'a pas changé. Il est toujours le même, bien habillé en toutes circonstances, les yeux qui brillent, un peu plus grand que Anna, 1 m. 70 avec les cheveux blonds et ce regard perçant une main sur le mur et l'autre dans la poche de son jean.

Anna, 1 m. 60, cheveux bruns avec mèche blonde et une frange sur le côté. Elle ne savait pas quoi dire. Elle l'invite à entrer et à prendre place.

Liam entra et se sentit bien, il voulait savoir.

— Anna… dit-il en lui prenant les mains.

— Oui, Liam ? Pourquoi es-tu revenu ? demande-t-elle.

— Je… Je ne t'ai jamais oubliée. Je t'aime depuis le temps où nous avons été ensemble, avoue Liam.

— Liam, non, ce n'est pas possible.

— Si ! On ne s'est jamais séparé, tu ne m'as pas quitté et je veux voir mon enfant !

— Mais ce n'est pas le tien !

— Quoi ? Sottise ! Je t'ai protégée, réconfortée, aimée. Lorsque tu es partie, tu étais enceinte.

— Non, ce n'est pas toi le père, Liam ! C'est quelqu'un d'autre ! s'écrie Anna.

— Non, tu veux me faire fuir, il est où ?

— Dans la chambre, elle dort.

— C'est une fille, je suis si heureux ! Anna, pourquoi tu réagis comme ça, je t'ai tellement attendue. Pourquoi me mentirais-tu ?

— Liam, j'ai fait des erreurs dans ma vie et je sais qu'il est trop tard pour effacer, mais ton amour pour moi, je ne le mérite pas.

— Arrête, je t'en supplie.

Liam se lève, s'avance vers Anna, passe sa main sous son menton et l'embrasse. Anna ne le rejette pas et sent l'amour qui se propage en elle : ce frisson qu'elle n'a jamais oublié. Elle ne pense plus à Gabriel et Léna, juste eux deux, l'un et l'autre.

Liam arrête et se rassoit dans le canapé. Il continue :

— Anna, j'ai senti au travers de ce baiser que tu as toujours des sentiments, sinon tu m'aurais repoussé, explique Liam en haussant les épaules.

— Liam, ton retour, maintenant, je ne suis pas prête…, avoue Anna en s'asseyant à côté de lui.

— Je t'aime, je voulais juste savoir si tu allais bien et sans te blesser. J'espère te revoir bientôt, faudra qu'on s'explique à propos des parents. Pour le moment, je voudrais juste voir ton bébé. D'accord mon ange ?

— Euh… Merci de me comprendre. Bien, je vais t'emmener jusqu'à elle. Je suis étonnée, après ces mois séparés loin l'un de l'autre, que tu te souviennes encore de mon surnom. Je t'aime mon roudoudou.

— Je savais que tu m'aimais… Jamais tu ne m'as oublié. Mon surnom, notre passé main dans la main. Ça me donne de l'espoir.

Anna emmène Liam vers la chambre de sa fille voir Alice et il sent en lui, une pression, la surprise.

Elle allume la veilleuse et sa fille dort profondément. Liam se sent impressionné. Elle est belle et ressemble à sa mère. Liam est content de l'avoir revue et ne veut pas ennuyer Anna. Après ces retrouvailles tardives, il lui dit au revoir en l'embrassant sur la bouche. Sentir ses lèvres lui donne des sensations uniques qui lui ont manqué.

Liam laisse son numéro de portable au cas où elle voudrait le revoir.

Anna se sent mieux, plus épanouie. Dans sa tête, elle savait qu'il reviendrait.

Il a parcouru beaucoup de kilomètres, car elle a changé de région, s'est coupée de ses amies et de sa famille.

Anna s'allonge sur le lit et repense à leur amour. Elle et Liam, à quelques jours d'un évènement, doivent clarifier leurs sentiments. Anna en avait gros sur le cœur.

Revoir Liam est pour elle une ouverture au bonheur. Après la souffrance, il n'a pas été au courant de sa liaison avec Gabriel. S'il l'apprend, comment va-t-il réagir ?

Anna pense à Léna. Si on ne la voit pas lundi, Marine va s'inquiéter, mais si elle la relâche, elle va la dénoncer. « Trop tard ma vieille, le mal est fait. Jamais je n'aurais cru revoir Liam que j'ai abandonné soudainement, nous étions si heureux. ».

Marine envoie un second message à Léna : « *Étrangement, tu ne m'as pas répondu au message de ce matin. Alors je t'en envoie un autre. Ne sois pas en retard, car la réunion concerne un voyage, j'espère que tu te rappelles.*

Ps : J'ai essayé de te joindre sur ton téléphone plusieurs fois, mais c'est le répondeur, je trouve ça étrange. Bises. ».

Chapitre 16

Marine se prépare pour se rendre à l'école. Cela l'interpelle que son amie Léna n'aie pas encore répondu aux messages et pas d'appels.

Elle regarde sa montre. Sept heures. Elle se met en route un quart d'heure plus tard. Marine arrive à l'école primaire. Elle dit bonjour au personnel, ainsi qu'au directeur. Elle prépare ses cours et la classe.

Elle se dirige vers la salle de réunions où le directeur est déjà installé autour de la table dans le silence. En attendant Léna.

Le directeur s'étonne qu'elle soit en retard.

— Marine, j'ai vu que vous n'avez pas oublié le rendez-vous concernant le voyage pour les enfants, avez-vous des nouvelles de Léna ?

— Non, je suis sans nouvelle concernant Léna. Pour tout vous dire, je n'en ai pas eu du week-end.

— Vous l'avez appelée ?

— Oui, aucune réponse et par SMS pareil.

— Mais elle allait bien, on va commencer sans elle.

— Oui, commençons, peut-être qu'elle arrivera après avec une explication.

— Certainement.

Le directeur et la professeure commencent à expliquer le voyage pour les enfants, en classe de neige. Ils ont regardé le coût, l'hébergement pour le séjour. Presque deux heures de discussion plus tard, la réunion s'achève pour commencer les cours. Le directeur a dû appeler la remplaçante de Marine pour faire la classe de Léna.

Marine s'inquiète énormément pour son amie. Elle entend son téléphone pendant la pause du midi et lit le message. « Dommage, c'est un message de Kévin. Je suis contente dans un sens et triste de l'autre. », se dit-elle.

La journée passe lentement. Marine, pour rigoler pendant les pauses, parle de leur week-end avec ses collègues. Le soir même, elle décide de rappeler son amie. Aucune réponse.

Anna en a marre de Marine et de ses appels incessants. Elle pense sans cesse à Liam. Sentir ses bras, sa chaleur avec lui. Elle se sentait bien, après l'avoir revu. Ça lui a fait un choc sentimental. Elle décide donc de lui envoyer un message *« J'ai besoin de toi, reviens, tu me manques. Bises Anna. »*

Liam, à la réception de son message, a les yeux qui brillent et il a terminé sa journée. Il va la rejoindre aussitôt.

Derrière la porte, Liam sonne et attend impatiemment Anna, mais elle n'a pas entendu la sonnette, étant avec Gabriel. Elle remonte et s'aperçoit que Liam est déjà là.

Elle se demande quoi dire, s'il l'a vue arriver de la cave. Elle sent une pression en elle et passe légèrement sa main dans ses cheveux pour trouver une chose à lui dire.

Liam n'ayant pas de réponse, se retourne et surpris regarde Anna, qui a l'air confuse.

— Anna, je suis content de te voir. J'attendais que tu m'ouvres, mais tu es déjà dehors, s'étonne Liam.

— Oui, je suis allée prendre l'air cinq minutes. J'en avais besoin, s'exclame Anna en prétextant un mensonge.

Liam s'avance vers Anna et la serre fort dans les bras. Anna est réconfortée et contente qu'il n'ait rien vu.

— Je t'aime Anna, lui dit-il en l'admirant, comme s'il la voyait pour la première fois.

— Entres, ne reste pas dehors Liam, en s'approchant de lui et en l'embrassant.

Liam entre ; Anna s'empresse d'enlever ses vêtements et se dirige vers la chambre en prenant sa main.

Liam s'étonne de la réaction d'Anna. Une fois la porte du seuil d'entrée franchie, il s'assoit sur le lit.

— Anna, ne brusquons pas les choses ! On a le temps.

— Non, Liam, j'ai peur du temps. Il va à une vitesse… Je peux te perdre à jamais à tout moment. Je ne veux pas.

— Je... Anna, explique-moi ! Qu'est-ce qu'il t'arrive ? Tu es différente depuis la dernière fois, il s'est passé quelque chose ?

— Je regrette mon passé, j'ai eu peur de te perdre. J'ai peur pour moi et ma fille, explose-t-elle en mettant un peignoir, des larmes coulant sur son doux visage.

— Anna, je peux t'aider et je peux rester et t'aimer, mais explique-moi, je te trouve perdue, c'est à cause du passé ? C'est ça qui te ronge ?

Anna se jette dans les bras de Liam et par la tristesse, vide ce qu'elle a au plus profond de son cœur.

— Liam, l'accident de mes parents, c'est ma faute ! Je m'en veux ! C'est trop tard !

— Quoi ? Pourquoi Anna ? Je suis là, continue.

— Lorsque tu m'as épaulée, sans vraiment savoir la cause de ma tristesse, je n'ai jamais su de te le dire. Maintenant, je suis prête, après ces années de souffrances, je n'arrive plus à vivre et à le garder pour moi. Alors, je vais t'expliquer, sans que tu m'interrompes.

— D'accord...

— J'ai dit sans me couper. Voilà, mes parents connaissaient un garçon prénommé Gabriel. J'étais folle amoureuse de lui au lycée. Nous sommes restés une semaine ensemble et il est parti sans raison. Alors que j'étais en voiture avec mes parents, ils ont dit des choses horribles, du genre que pour eux, j'étais un enfant né par erreur, qu'ils ne voulaient pas de moi, qu'ils préféraient Franck. Oui, Franck qui a eu des bonnes notes, qui a toujours eu tout avant, même réussi son BAC avec mention. Ils avaient honte de moi et me traitaient de pute et de salope, car je ramenais des amis à la maison et ils pensaient que je couchais avec tous les garçons. Alors lorsqu'ils m'ont dit ça dans la voiture, moi derrière, je me suis détachée. Ma main sur le volant, je l'ai tourné violemment, un poids lourd arrivait. Ils sont morts sur le coup. Je ne l'ai jamais dit à mon frère. Il sait juste que ça m'a profondément affectée.

— Quelle histoire affreuse, Anna, tu as du beaucoup souffrir. C'est pour ça que tu as été en maison psychiatrique.

— Oui, Liam, mais j'ai un problème et j'ai peur pour nous deux, ma fille et moi.

Liam la regarde, en lui prenant les deux mains.

— Anna, je suis là !

— Pas ce soir, Liam, je t'ai dévoilé une partie de moi, je t'expliquerai plus tard.

Liam comprend et ne veut pas brusquer Anna.

— Tu veux que je parte ?

— Non, reste, j'ai besoin de toi et… Je t'aime.

— Je t'aime Anna, mes sentiments envers toi n'ont pas changé, ils sont même plus forts.

Anna est heureuse, elle a brulé toutes les photos qui étaient accrochées au mur, lorsqu'elle a enfermé Gabriel.

Anna et Liam dorment ensemble, Alice va mieux.

Son traitement est terminé. Liam, en se levant, se dirige vers le fond du couloir et découvre une porte troublante, avec la mention « Secret, interdit d'entrer » Cela l'intrigue : « Pourquoi une porte close ? Anna, que cache-t-elle derrière cette porte ? » Liam retourne se coucher, mais ne trouve pas le sommeil.

Chapitre 17

Marine est de plus en plus inquiète. Les jours passent. Depuis vendredi soir, aucune nouvelle de Léna. Elle se sent de moins en moins concentrée à l'école. Lundi soir, elle voudrait déjà avoir des vacances pour souffler, mais au mois de mars, il n'y a pas de congé et c'est la première fois qu'elle ressent cette solitude qui la pèse.

Elle est contente de voir Kévin de temps en temps, mais il se fait du souci pour elle. Lorsqu'il est avec Marine, il ne lui pose pas de question et profite du moment passé ensemble.

Anna est heureuse avec Liam. Elle essaye de renouer les liens, de lui faire confiance. Depuis qu'elle était partie sans explication, elle veut renouer avec le passé.

Elle ne travaille pas pour le moment. Elle s'occupe pleinement de sa fille. Liam est parti au travail, il est responsable d'un magasin de jouets, une équipe d'une dizaine de personnes. Il aime son métier et pour rien au monde, il ne le quitterait.

Anna va voir Gabriel et enlève le lien qu'il avait dans la bouche.

— Gabriel, excuse-moi, je me suis emportée.

— Anna, pourquoi m'as-tu attaché ? Pourquoi m'as-tu enlevé ? Pourquoi je suis là ?

— J'ai voulu me venger. Je ne pensais pas que ça allait se terminer comme ça, mais si je te laisse partir, tu vas tout raconter. Je t'ai fait souffrir comme moi j'ai souffert.

— Détache-moi… En plus, tu as fermé la porte comme la cellule d'un prisonnier en prison. Je te faisais confiance, Anna. Lorsque tu m'as emmené, je n'aurais jamais pensé ça de ta part. Comme tu as changé depuis le lycée.

— Au lycée, j'ai voulu montrer une personne que je n'étais pas. Je n'ai jamais voulu ça, je t'ai aimé, mais tu m'as blessée. Lorsque l'on s'est revu, tu es parti et je ne t'ai jamais revu.

— Anna, lorsqu'on s'est revu et qu'on s'est dévoilé, j'avais fait un break avec ma copine et je ne voulais pas être traité de lâche.

— Tu m'as fait mal et moi, je t'ai fait souffrir. On est quitte.

— Non, toi tu m'as fait mal physiquement et psychologiquement et je pense que tu devrais être dans un hôpital psychiatrique, vu ce que tu m'as fait.

— Et, tu n'as pas droit de me juger bordel ! C'est ma vie, c'est vrai que j'ai été trop loin. Alors avale ça et ferme-la !

Elle prend le verre qu'elle avait déposé sur la table, un mélange de drogue et d'alcool, mais là, c'est fatal pour lui. Elle lui enlève le bandeau. Ses yeux tournent, sa respiration s'accélère. Anna ne sait pas quoi faire. Elle ne veut pas penser au pire. Elle tourne dans tous les sens, elle fait les cent pas. Elle a la solution. Elle l'allonge au sol et lui fait un massage cardiaque. Au bout de longues minutes, son cœur se remet à battre normalement. Elle soulève Gabriel, le remet sur le lit et se refuse à l'attacher.

Anna va voir Léna. Elle lui enlève son bâillon et le bandeau.

— Salut toi.

— Qu'est-ce que tu veux ? Détache-moi !

— Je m'excuse de t'avoir causée ce mal, mais une question me reste en suspens.

— Dis toujours, je verrais si j'y réponds, Anna.

— Que faisais-tu sur ma propriété à une heure tardive ?

— Tu veux vraiment que j'y réponde ?

— Oui, je t'écoute.

— J'ai un ami qui s'est évaporé et on n'avait plus de nouvelle. Vu ce que ton frère m'a dit sur ton passé, je voulais m'assurer que ce que je pensais n'était pas faux.

— Qu'est-ce qu'il t'a dit mon frère ? Et qu'est-ce que tu pensais ? Quel ami ?

— Ehh une question à la fois, ok !

— Ce n'est pas toi qui commandes !

— Si tu veux Anna. Ton frère m'a parlé vaguement d'un accident où vos parents sont décédés et je pense que tu as enlevé Gabriel comme tu m'as enlevé !

— Tu as visé juste sur toute la ligne, mais tu vas rester là encore un petit moment. Je t'ai approché de la table pour que tu boives la soupe et le verre d'eau avec une paille. Allez à la prochaine.

— Non, attends, Anna, je n'ai pas fini ! avoue Léna

— Quoi ? Tu ne m'as pas assez humiliée ?

— Je veux t'aider. Je t'excuse de ton geste, mais laisse-moi te prouver que je suis une bonne personne. Je ne veux pas te blesser et je te connais bien.

— Comment veux-tu m'aider ? Je n'ai pas confiance en toi, désolée.

— Laisse-moi une chance. Réponds à ma question : Pourquoi m'as-tu enfermé dans cet endroit ? Pourquoi moi ? Je l'avoue, je suis entrée dans ta propriété privée, mais je me sentais obligée, comme si je savais qu'une personne avait besoin de moi. Me comprends-tu Anna ? Je sais qu'au fond de toi, il y a une personne au cœur pur qui ne sait se dévoiler. Je t'en prie, tu n'es pas seule, tu peux t'en sortir !

— Je ne veux pas y retourner. J'ai trop souffert, je veux que les gens souffrent et puis là je dois y aller.

— Retiens ce que je t'ai dit, n'oublie pas.

Anna remonte et tombe sur Liam. Il veut en savoir plus et décide de lui parler.

— Anna, que me caches-tu ?

— Rien !

— Anna, arrête de te faire du mal, dis-le-moi ! Liam s'avance et la prend dans les bras.

— Non, je ne veux pas t'embêter avec mes problèmes !

— Anna, tu ne m'embêtes pas et tu le sais. Je ferai tout pour te protéger, mais tu gardes un lourd secret. J'ai vu la porte secrète « Interdit d'entrer ». Tu croyais que j'allais tomber dessus et que je ne te dirais rien ? Tu te trompes. Et ta fille, tu y penses ? Si elle apprend plus tard ce que tu fais ou tu as fait ?

— Arrête, j'ai mal au cœur, entrons.

Liam acquiesce et suit Anna, qui l'emmène dans sa chambre en présence de sa fille. Liam reprend la discussion.

— Alors Anna ? s'interroge Liam.

— Je ne veux pas t'en parler et puis la journée m'a fatiguée. Je vais me coucher, je n'ai pas faim. Je t'ai préparé un repas dans le frigo, bonne nuit.

Anna embrasse Liam et va voir sa fille, lui donne à manger. Une fois bercée et nourrie, elle va se coucher.

Liam fait chauffer son repas au micro-onde, il trouve une clé avec une puce magnétique correspondant à la porte. « Anna, puisque tu ne veux rien me dire, je vais le savoir par moi-même. J'ai peur de ce que je vais découvrir. », se dit-il.

Chapitre 18

Anna dort encore profondément, Liam n'en peut plus d'attendre. Il passe la clé magnétique. Un bip retentit, la porte s'ouvre.

Liam n'en revient pas. Des écrans d'ordinateurs dans toute la pièce, il s'assoit, effondré par la terreur. Il voit des personnes attachées sur un lit à travers des écrans d'ordinateurs, des pièces toutes petites et sombres.

Liam n'arrive pas à se remettre. C'est trop fort pour lui. Il ne trouve pas les mots pour décrire ce qu'il ressent. « Pourquoi Anna, tu as fait ça ? Ça ne t'a pas suffi quand tu étais en maison psychiatrique ? Tu m'as déçu Anna. Je t'aime, mais je m'attendais à tout, sauf à ça... », pense Liam.

Il referme la porte et se dirige vers le salon abasourdi. Il ne retourne pas se coucher.

Anna tourne dans les draps et ne sens plus la présence de Liam. Elle se lève, ouvre la porte de la chambre, aperçoit de la lumière.

Liam est assis dans le fauteuil avec cette clé qui le hante et il revoit les images en boucle dans sa tête. Il ne sait pas s'il est énervé ou triste que Anna ait replongé.

Anna s'avance et regarde Liam. Elle voit l'objet dans ses mains. Elle est perdue, déstabilisée, anéantie, énervée, une haine l'envahit. « Il a fouillé dans mes affaires, j'avais bien vu que ça l'intriguait. Je ne voulais pas qu'il voit cette partie de la maison. Il a vu les personnes, je vais faire quoi ? »

Anna cherche. Elle aime Liam, mais va-t-il la comprendre ? Elle veut protéger sa fille, elle sait qu'elle a été trop loin, va-t-il pouvoir lui pardonner ?

Elle doit affronter Liam. Elle s'avance, les mains le long de son corps sur sa robe de chambre. Liam, assis sur le canapé, juste avec son boxer, voit l'ombre d'Anna. Il tourne la tête vers elle.

— Liam, je suis désolée ! s'exclame telle en courant dans ses bras, tandis que Liam la rejette.

— Désolée, juste désolée ? Comment, comment as-tu pu commettre ce geste ? s'énerve Liam, en se levant.

— Je... Je ne voulais pas, comprends-moi. Il n'y a que toi, je t'aime !

— Comment peux-tu trouver des mots d'amour, après tes actes ! Anna, tu te souviens de ton passé et de la maison psychiatrique. Tu risques la prison ! Tu en es consciente ? dit-il en agitant les bras, ne gérant plus sa colère.

— Liam, arrête, tu me fais peur. Tu es doux et gentil d'habitude.

— Anna, mais ce n'est pas vrai. Comment veux-tu que je sois calme ? C'est trop Anna. Je ne peux pas laisser faire ça, je ne veux pas être ton complice.

— Non, Liam, ne fais pas ça !

— Réponds à deux questions, d'accord ? demande Liam, en regardant Anna dans les yeux.

— Oui vas-y, je t'écoute !

— Pourquoi as-tu fait ça ? Qui sont-ils ?

— Tu veux vraiment le savoir ?

— Oui, Anna, avoue-le moi !

— Bon, assieds-toi, je te dis tout.

Liam et Anna s'assoient l'un à côté de l'autre sur le canapé. Anna explique comment cela s'est passé.

— Gabriel, un ami, on s'est revu, il y a quelques temps. On a fait l'amour parce que chacun de nous avait des sentiments l'un envers l'autre et je lui ai dit qu'Alice est sa fille.

— Et moi Anna ? Je n'y crois pas. Anna, on était encore ensemble et tu batifolais avec un autre.

Liam se lève et tape un grand coup sur la table, ce qui a réveillé Alice. Anna va la voir et la berce, mais elle ne se calme pas. Anna emmène Alice avec elle.

— Liam, je ne savais pas qu'on était ensemble, chacun de son côté sans se donner de nouvelles. Ça peut se comprendre.

— Non et Alice, est la fille de qui ? De moi ou de l'autre. La femme, tu la connais, c'est qui ?

— La femme, c'est Léna, une amie de mon frère.

— Pourquoi tu les as enfermés ?

— Gabriel, c'était pour me venger. Il est parti lorsqu'on s'est revu et m'a traité de pute comme mes parents. J'aurais voulu le tuer, mais je repensais à mes parents. Léna, elle, s'est introduite sur ma propriété. J'ai voulu lui faire peur.

— Quoi ? Lui faire peur ?! ?on mais Anna, tu es bête ou quoi ? Cette pauvre fille va être traumatisée par cette histoire

— Moi, bête, idiote ? Jamais tu ne m'as traité de la sorte.

Anna pose Alice dans le couffin. Se rappelant où est son arme, elle se lève pour aller la chercher dans les couloirs. Liam est paniqué et essaye de la rassurer.

— Anna, je ne t'ai rien fait de mal ! Pose ce revolver.

— Liam, plus un mot. Tu m'as rabaissée, j'ai besoin d'amour. Je pensais que tu me comprendrais.

— Anna, je veux bien t'aider comme la dernière fois, mais tu as été trop loin.

Anna tremble d'énervement. Elle se sent seule avec sa fille. Le cœur de Liam palpite, la sueur dégouline sur son front. Les minutes passent. Alice pleure et ne se calme toujours pas. Anna n'aime pas faire ce qu'elle fait. Liam voit sa vie défiler devant ses yeux. Il imagine le pire et maintenant qu'il voit les deux personnes attachées et ses parents morts par sa faute, il sait qu'elle est prête à tout.

Est-il chargé ? Va-t-elle tirer sur moi, son amour qui ne l'ai jamais lâchée, qui l'ai toujours soutenue. On s'est revu. Alice est la fille de qui ? Pourquoi n'a-t-elle pas répondu à ma question ? Est-elle toujours amoureuse de moi ? Pourquoi veut-elle me faire du mal ? Je ne lui ai pas dit grand-chose. Ses yeux sont grands ouverts. Je ne vois que de la haine dans ses yeux, une souffrance comme lorsqu'elle était enfant. Est-ce à cause de ça qu'elle fait souffrir les personnes qu'elle croise ? Je veux l'aider, mais je ne peux laisser les deux personnes emprisonnées. Depuis quand sont-elles attachées ? Leurs donne-t-elle à manger ? Pourquoi a-t-elle construit ces cellules ? Son mal-être n'est pas guéri ? Mais elle a sa fille, pourquoi continue-t-elle ? Et son frère ? S'il l'avait aidée, elle ne serait pas tombée aussi bas. Je voudrais tellement lui dire ce que j'ai sur le cœur, mais là, je suis pétrifié de peur et en caleçon, je suis mitigé entre la chaleur, la peur et le froid. Liam pense à tout ça car, en une fraction de seconde, tout peut basculer.

Chapitre 19

Liam veut se défendre et cherche une solution pour se protéger, il imagine un plan. Il ne voyait pas la suite des événements ainsi :

— Anna, je t'aime malgré ce que tu as fait.

— C'est vrai, c'est sincère ? Tu me fais un jeu, là.

— Non, excuse-moi de t'avoir rejetée tout à l'heure. Je t'aime vraiment.

À ses mots, elle s'avance vers Liam. Il lui prend doucement le pistolet des mains et le jette.

— Anna, arrête, maintenant ça suffit. Je t'aime alors cesse de faire du mal autour de toi.

— Je n'ai pas envie d'arrêter maintenant. Rends-moi mon révolver. Je ne veux pas te faire de mal.

— Tu ne me comprends pas. Il faut que tu arrêtes et il faut que je te dénonce.

— Tu vas me détruire. Ma vie a été remplie de mines et de tristesse, mes larmes n'ont pas arrêté de couler lorsque j'étais enfermée, seule et abandonnée.

— Ne dis pas ça, tu as Alice, ton enfant avec ce fameux Gabriel que tu as torturé.

— Non, Liam, Alice est ta fille, elle a un mois, c'est ton sang qui coule dans ses veines.

À ses mots, Liam se laisse tomber sur le canapé. Anna a été seule, lors de sa grossesse, abandonnée. Personne n'était là. Il se remet de ses émotions.

— Je suis heureux, Anna, d'être son père. On va s'en sortir.

— Non, je ne veux pas retourner en maison psychiatrique ou pire la prison. Je suis jeune, je n'ai pas été toujours une sainte. J'ai que 32 ans, tu me comprends et qui va s'occuper de ma fille ?

— Je vais veiller sur elle.

— Je n'avais pas l'attention de te tuer toute à l'heure, je voulais te faire peur. C'est l'arme que mon père m'a offert. Un cadeau amer, je suis désolée.

— Ne t'inquiète pas, c'est oublié. Je reviens, ne bouge pas, tout va s'arranger.

Liam part chercher le téléphone dans la chambre d'Anna. Il fouille dans ses affaires et le trouve dans son sac.

Anna, pendant ce temps, insère les balles dans le pistolet. Le temps que Liam arrive, Anna appuie sur la gâchette. Anna, ne trouvant aucune issue et ne voulant pas revivre la même chose, ne voit qu'un seul moyen. Pour elle, son enfer est terminé. Ce qu'elle regrette, c'est de laisser sa fille seule, mais c'est trop pour elle. Elle préfère y mettre fin.

Liam entend la détonation qui résonne dans toute la maison.

Liam retrouve Anna allongée sur le sol, une balle dans la tête. Liam s'effondre et se met à genou, en prenant sa main. « Pourquoi ? Pourquoi as-tu fait ça ? Je t'aimais, je tenais à toi comme à la prunelle de mes yeux. Mes yeux sont en sanglots comme du poison qui s'écoule de mon corps. Mes larmes, mes mots ne sont pas assez puissants pour montrer ce que je ressens envers toi. Moi qui t'ai protégée, qui t'ai aidée, je n'ai pas eu assez de jours pour te prouver mon amour. Mon cœur est déchiré, tu étais ma moitié. Je t'ai tellement cherchée, mais malgré tout, je n'ai pas pu te sauver. »

Beaucoup plus tard, Liam composa le numéro de la police qui arriva un quart d'heure plus tard.

Une fois l'arrivée des deux policiers, Liam les fait entrer et explique ce qu'il s'est passé.

— Merci d'être arrivés, c'est affreux ! explique Liam en suffoquant.

— Monsieur, calmez-vous, pourquoi vous nous avez appelés ? Que s'est-il passé ?

— Anna, la personne étendue sur le sol, était ma copine. Elle a séquestré deux personnes.

— Votre copine est décédée, nous sommes désolés monsieur. On va appeler du renfort pour l'évacuer. Les deux personnes où sont-elles ?

— Dans la cave…

— Restez là, monsieur, on va s'en occuper.

Liam est démoli, détruit, abattu. Son âme criblée de flèches invisibles, comme s'il était transpercé de tous les côtés.

Il lève la tête et aperçoit Gabriel et Léna à la porte d'entrée.

Liam se lève et va les voir.

— Je suis attristé par cette épreuve, s'exprime Liam.

— Qu'est-ce qui est arrivé à Anna ? quémandent Gabriel et Léna.

— Elle… Elle… a mis fin à sa vie, hurle de tristesse Liam en se rattrapant au mur, de peur de s'effondrer.

Gabriel a du mal à avancer avec sa jambe et son bras dans le plâtre. Léna lui donne un coup de main.

Gabriel voit Anna, c'est trop dur pour lui. Léna voit cette scène, un cauchemar. Elle est contente d'être sortie de cette cellule où elle était attachée, grâce aux policiers qui ont défoncé les portes, mais voir sa geôlière comme ça la rassurait. Elle appréciait. Elle ne l'avait pas dans son cœur et pensa à Franck. Son frère n'est pas au courant de ce qu'il s'est passé. « Cela va lui faire un choc cette nouvelle… »

Gabriel pense aussi à Alice, car Anna lui avait fait croire que c'était sa fille. Tout se mélange dans sa tête. « Pourquoi a-t-elle mis fin à ses jours, qui est cet homme ? Est-ce à cause de lui ? Comment connaît-il mon prénom ? Je ne l'ai jamais vu. Anna, on s'est revu, ça été de courtes retrouvailles. »

Léna voit deux hommes. Ils avaient en commun son amie, Anna. « Deux hommes, une femme partie, son cœur ne battra plus. Mais qui est-il ? Pourquoi Anna a-t-elle attaché Gabriel et l'a martyrisé au bras gauche ? Il a une cicatrice faite avec une lame de rasoir ? Et l'autre homme qui était là, est-ce lui qui nous a sauvés de cet enfer ? »

Leur vie ne sera plus la même après cet événement triste. La vie est douloureuse et parfois nous pousse à faire des actes insensés.

Chapitre 20

Liam explique aux policiers. Il leur montre cette salle secrète, cette pièce informatique. Ils regardent la manipulation, les boutons qui interagissent avec le robot où le jeune homme était enfermé. Alors que les policiers mènent leur enquête.

Liam mène la sienne. Il cherche un indice. Peut-être lui a-t-elle laissé un dernier souhait ? Il entre dans une pièce qui ressemble à un bric-à-brac. Il y a tellement de choses diverses et variées : Des objets de collection, des vases et au milieu de ce capharnaüm, il trouve un sujet qui va l'émouvoir.

Une vieille malle en bois, avec une boîte en métal fermée d'un cadenas. A côté, une petite clé. Il trouve étrange que la clé soit à côté ; il insère la clé et l'ouvre. À l'ouverture de celle-ci, il découvre un papier enroulé d'un nœud de tissu rouge, où son prénom est gravé.

Il ouvre délicatement et découvre que c'est une lettre d'Anna. À ses mots, ce sont ses derniers vœux.

À mon chéri Liam, à celui que j'ai toujours aimé.

Mon cerveau me commandait de faire des actes horribles. J'entendais des voix, je n'arrivais pas à les faire taire.

On m'a diagnostiqué des problèmes psychologiques en d'autres termes, être une folle !

J'ai tué ma famille pour qui je n'éprouvais aucun sentiment. Je n'avais qu'eux dans ma vie et mon frère.

Franck et moi, nous avons coupé les ponts très tôt avec mes problèmes. Je lui disais de choisir entre sa sœur et les femmes avec qui il sortait. J'éprouvais de la jalousie, je voulais qu'il paye.

Or, je n'ai rien fait. Il m'a effacé de sa vie, juste voulait-il me protéger selon ses dires en m'envoyant dans un endroit blanc et obscur.

C'est vrai que j'ai fait des erreurs, mais il y a une chose que je ne regrette pas : c'est mon enfant Alice, ce bébé, le fruit de notre amour entre toi, Liam et moi.

Mon cœur rebattait à nouveau. L'impression de revivre, d'exister de donner un nouveau sens à mon univers.

Gabriel, je le connais depuis le lycée. On s'était perdu de vue. Je t'ai trompé avec lui et je m'en excuse, je passais une mauvaise période et à ce moment-là, tu n'étais pas encore présent à mes côtés.

Je me suis accrochée à lui comme une bouée de secours.

Si tu lis cette lettre, c'est que je suis plus de ce monde.

Je t'aimais, je t'ai trahi, je t'aime encore.

Gabriel était une escapade. Ma vengeance était pour lui. Je me suis donnée à lui corps et âme, je pensais ne jamais te revoir.

Lorsque j'ai su qu'il avait une femme nommée Marine, j'ai voulu lui faire payer en le faisant souffrir !

Soudain, une étincelle, une lueur d'espoir dans mes yeux est apparue quand tu es revenu en me disant que tu m'aimais.

Oui, j'avais tout planifié depuis le début. Je me sens normale et non une cinglée qu'on entrave entre quatre murs, dans une cage.

Je n'étais pas capable de retourner en maison de fous ou dans une prison.

Je n'avais qu'une seule solution pour me libérer de cette boucle infernale dans laquelle ma vie a tourné.

Je t'embrasse avec amour et sincérité, Liam. Prends soin de notre fille Alice, je compte sur toi.

Tu es le seul être humain à m'avoir comprise et aimée. Adieu... »

A la lecture de ces aveux, un frison le fait trembler. Les larmes coulent, envahi de joie pour Alice et de tristesse pour la seule femme qu'il a aimée.

Les deux policiers ont fini leurs constatations.

Liam, Gabriel et Léna sont prévenus qu'il y aura une investigation pour déterminer la nature de ce décès.

Pendant cette période sinistre, Léna retrouve son amie Marine. Elle a besoin de raconter ce qu'il s'est passé et par la même occasion, Gabriel la suit.

Anna a détruit les téléphones en les mettant dans un robot mixeur, ils sont inutilisables.

Aucun moyen de prévenir Marine que tous les deux rentrent pour la rejoindre.

Et comme personne ne sait que Marine à une liaison avec Kévin, la rencontre se voit pimentée. Marine ne s'attend pas à revoir Gabriel et encore moins avec Léna.

Une semaine est passée depuis la disparition de Léna.

En ce jour dominical, Marine et Kévin se prélassent au lit, avec le temps gris et les gouttes d'eau qui ruissellent sur les carreaux, ne les motivant pas à sortir.

Léna monte dans sa voiture que les policiers ont retrouvée chez Anna et emmène Gabriel voir Marine. Gabriel, n'étant pas au courant des échanges SMS mettant fin à leur relation, est ému de retrouver celle qu'il aime.

Liam, lui, va devoir s'expliquer avec Franck. Il appréhende de lui apprendre la triste nouvelle, concernant Anna. Quelle réaction aura-t-il lorsqu'il saura qu'elle n'est plus de ce monde ? Anna avait gardé le numéro de son frère dans son téléphone. Liam a pris soin de le noter, avant de le remettre au policier.

Liam envoie un message à Franck

« Bonjour Franck. Je suis un ami d'Anna. Il faut qu'on se voie le plus rapidement possible. Ce n'est pas une blague. À bientôt Liam. »

Franck, à la réception de ce SMS, se demande qui est ce Liam ? Je ne le connais pas, il a l'air de connaître Anna. Peut-être qu'il a quelque chose à m'apprendre ? se dit-il. Sa réponse se fit sans attendre

« Bonjour Liam. Bien, on peut se voir d'ici un quart d'heure, malgré la pluie. Je connais un bar « le bar de l'amitié ». Je t'attends. Je serais habillé d'un imper noir. À toute, Liam ».

Chapitre 21

Franck, installé autour d'une table, assis sur un fauteuil, attend Liam qui vient lui annoncer une nouvelle. Il est en train de boire une bière, quand il discerne un homme d'une trentaine d'années.

Cette personne regarde dans tous les coins de l'établissement et pour le moment, il reste à l'entrée. Il regarde maintenant vers mon attention. Il prend son téléphone qu'il a dans la main et se dirige vers moi, d'un pas incertain. » :

— Bonjour monsieur, vous êtes Franck ? demande Liam.

— Bonjour oui, c'est bien moi, enchanté Liam, répond Franck.

Les deux hommes se serrent vigoureusement la main.

— Moi aussi, enchanté de vous rencontrer. Liam se râcle la gorge, étant un peu mal à l'aise.

— Asseyez-vous. Vous voulez une boisson ? Je vous sens tendu.

— Merci, oui, je veux bien une citronnade.

— Bien.

Franck aperçoit le serveur et commande la boisson.

— Liam, je me suis étonné de votre message… Pourquoi vouliez-vous me voir aussi rapidement ? interroge Franck.

À ses mots, Liam manque de s'étouffer, car la nouvelle va être dure à avaler. Le serveur dépose la citronnade. Liam boit une grande gorgée et reprend calmement sa respiration. Franck voit qu'il y a un problème et ne dit rien.

— La nouvelle concerne Anna, reprend Liam.

— Oui, je vous écoute, qu'a-t-elle fait ma sœur ? Je sais qu'elle est malade, mais elle n'a rien voulu entendre.

— Oui, je suis au courant. J'ai été son copain pendant 4 ans et je l'ai aidée à surmonter les épreuves qu'elle a traversées, répond Liam d'une voix triste.

— Ah donc vous n'étiez pas seulement un ami, mais aussi son copain et je pense que la nouvelle n'est pas celle-ci, ajoute Franck.

— Oui... Je ne sais pas... Comment vous le dire... Ou vous l'annoncer... bégaye Liam.

— Dites-le moi à votre manière sans être brutal, mon ami, je vous écoute.

— D'accord, cela sera difficile pour vous, mais maintenant que vous êtes en face de moi. Je ne peux pas le nier... Voilà, il est arrivé quelque chose de triste. Anna est partie rejoindre les cieux.

Franck devient tout pâle, tout blanc. Liam a peur qu'il fasse une attaque. Il appelle le service de secours. Franck reste un long moment sans réagir, aucun mot ne sort de sa bouche. Impossible de bouger.

Les ambulanciers sont arrivés vite, cinq minutes après l'appel. Liam leur fait signe. Ils voient le monsieur qui est en face de lui. Il est en train de faire une attaque et si Liam n'avait pas contacté les secours, il serait trop tard.

Ils s'occupent de lui et lui disent qu'ils l'emmènent au centre hospitalier du Chinonais.

Léna et Gabriel sonnent. Marine se demande qui cela peut être à 19 heures, un dimanche. Marine se lève et demande à Kévin de s'habiller et de partir par la porte de derrière.

Marine ouvre la porte en robe de chambre.

Son sang fait un tour en elle, elle n'y croit pas ! Léna, son amie, dont elle n'avait plus de nouvelles et Gabriel un peu en froid, car elle ne pensait pas le voir après les messages. Elle les fait entrer, mais n'arrive pas à engager la discussion. Léna raconte l'histoire avec Anna.

— Marine, je ne t'ai rien dit au sujet d'Anna. J'ai mené mon enquête et j'ai vu qu'un homme était enfermé et martyrisé, explique Léna.

— Quoi vous étiez enfermés à cause de cette femme, mais c'est horrible. Elle va payer et j'espère que vous allez porter plainte, s'énerve Marine prise de colère.

— Non, Marine, cela ne servira rien… s'exclame Gabriel attristé.

— Quoi ? Pourquoi ? Que s'est-il passé ? se demande Marine, ne comprenant pas leur réaction.

— Car elle s'est donnée la mort. Je pense qu'elle a souffert dans sa vie et elle voulait faire souffrir les autres, continue Léna.

— Mince, je ne sais pas quoi dire, mais Anna était fille unique, ajoute Marine.

— Non, elle a un frère Franck, s'exclame Léna.

— Quoi, Franck, celui que nous trois, nous connaissons ? Quel choc, il est au courant ? Le pauvre. Je pense qu'un gars nommé Liam devait lui dire, ce qu'il nous a dit lorsque nous nous sommes séparés de la maison d'Anna.

— Mais c'est pour ça qu'aucun de vous deux ne m'a répondu par SMS, ni aux appels. C'est que vous ne le pouviez pas.

— Oui, Marine, elle nous a pris nos téléphones et les a cassés depuis qu'on est chez elle.

— Je vois, Léna, merci et Gabriel, je pensais que tu étais partie de ton plein gré.

— J'ai une chose à te dire que je ne veux pas te cacher plus longtemps, conclut Gabriel.

Marine s'assoit. Avec tout ce qu'elle a entendu, une journée remplie de nouvelles inattendues et surprenantes, Marine appréhende sa révélation. Que va-t-il lui dire ?

Gabriel prend les mains de Marine.

— Marine, après toutes les épreuves que j'ai eues, je dois te parler, dit Gabriel.

— Oui, je t'écoute, répond Marine.

— Je ne sais pas si c'est le bon moment pour en parler. J'aimerai en parler seul à seul.

— Je vois Gabriel, mais j'ai besoin d'un peu de temps. Je vous recontacte au plus vite. Léna, je pense que tu auras besoin de repos avant de reprendre demain ?

— Non, je vais essayer de reprendre et on verra, si ça ne va pas, j'arrêterais.

— D'accord, donc Léna à demain, et Gabriel, je vais voir pour qu'on se parle.

Marine n'en revenait pas de la soirée : Gabriel et Léna enlevés par une fille. Et cette fille qui s'est suicidée, ce fut un choc ! Et ce garçon Liam, est-ce lui qui les a sauvés de cet enfer ? Que veut m'annoncer Gabriel ? Et moi j'ai des choses à lui dire.

Chapitre 22

Gabriel, s'apprête à parler à Marine et à l'embrasser. Elle tourne la tête, Gabriel est étonné.

— Pourquoi tu ne veux pas d'un baiser ? demande avec tristesse Gabriel.

— Depuis ta disparition dont je n'avais pas compris le sens, il s'est passé beaucoup de choses. Je t'avais envoyé des messages, mais comme tu ne m'as pas répondu…

— Quoi ? Ne me dis pas que… Que c'est fini ? Tu sais Marine, il n'y a que toi dans ma vie. Je t'aime, coupa Gabriel.

— Gabriel, j'ai besoin de temps, prendre un peu de recul avec toi, ajoute Marine.

— J'espère que tu m'expliqueras. J'espère te revoir bientôt. Je vais te laisser seule. Je prends quelques affaires et je pars. En même temps, je passerai dans un magasin me racheter un téléphone pour que tu puisses me contacter, conclut Gabriel.

Marine acquiesce. Les mots de Gabriel l'ont particulièrement touchée, sa voix douce et sincère. Elle voit que Gabriel a compris qu'elle ne voulait pas aller trop vite.

Marine passe la soirée seule, quand soudain elle ne se sent pas très bien.

Elle pense que c'est dû aux événements. Elle n'a pas faim. Tout ça la rend un peu confuse. Elle va s'allonger sur le lit. Son téléphone fait un bip, elle a reçu un message « Tu me manques, ta douceur, tes caresses, ton corps m'ensorcellent. J'espère te revoir au plus vite. Je t'aime, ma perle. Kévin »

Après la lecture, elle est réconfortée et a hâte de le retrouver.

Léna prépare les cours pour demain, tout au moins, elle essaie de reprendre une vie normale. Pour le moment, l'énergie n'est pas au beau fixe et demain lundi. La rentrée va être difficile, mais si ça se trouve, ça va bien se passer et revoir les rires des enfants la réconfortera.

Franck se remet doucement et Liam est assis sur une chaise en attendant son réveil. Les secondes, les minutes passent comme une éternité. Il a appelé à son travail pour leur dire qu'il ne viendra demain.

Le lendemain matin, lundi, Léna revient à l'école. Le directeur l'accueille, étonné par sa présence. Léna lui explique la séquestration et le suicide de son bourreau.

— Vous auriez dû vous reposer avant de venir ! s'exclame le directeur en posant une main sur son épaule.

— C'est gentil, mais j'ai besoin de voir des gens et le sourire des enfants. Vous pouvez renvoyer la remplaçante, répond Léna, lorsque Marine arrive.

— Bien ! On a aussi fait la réunion sans vous, car le projet, il faut qu'il soit en place pour le mois de décembre. Nous sommes au mois de mars et j'aime mieux m'y prendre tôt pour que les parents puissent voir pour leurs enfants, ajoute le directeur.

Marine s'avance et fait la bise à sa copine, sourire aux lèvres de la voir.

— Salut ! Tu es prête pour reprendre les cours et monsieur, vous lui avez expliqué pour la réunion, car je n'ai pas eu le temps de lui en parler, s'exclame Marine en les regardant.

— Oui Marine, je viens de le faire juste avant votre arrivée. Au fait, vous avez un bouquet de roses pour vous. Je les ai déposés dans votre classe, ajoute le directeur en allant vers son bureau.

— Un bouquet de rose, c'est Gabriel ? s'interroge Léna, contente pour Marine.

— Je ne pense pas. Tu sais Léna, je n'ai pas eu le temps de t'en parler et si tu veux après la classe, je te raconterai ce qu'il s'est passé, conclut Marine.

Léna lui fait un signe de la tête « oui » et Marine se dirige vers sa classe, pendant que Léna accueille les enfants.

Marine entre, stupéfaite de voir ce magnifique bouquet de roses rouges. Elle voit un mot au milieu « Tu me manques, j'espère te revoir très vite, je t'aime. J'ai réservé une soirée spéciale, rendez-vous vers 20 heures, au restaurant *Délice du palais* ».

Marine commence la journée, le cœur léger.

Léna reprend vite ses repères et elle est heureuse de revoir les enfants qui, eux aussi, sont fiers de la retrouver. Elle a eu des mots de tous, tellement elle leurs a manqués.

Gabriel va à l'hôpital pour son rendez-vous concernant l'accident et il croise Liam dans les couloirs.

— Salut Liam ! s'adresse Gabriel en présentant une poignée de main.

— Salut Gabriel ! répond Liam.

— Tu vas bien, encore merci de nous avoir libéré des griffes d'Anna.

— Euh… Normal. Ce n'est pas pour moi que je suis à l'hôpital, mais pour Franck, le frère d'Anna, reprend Liam.

— Quoi ?! Il lui est arrivé quelque chose ? demande Gabriel en s'agitant.

— Il a eu un malaise cardiaque, lorsque je lui ai dit pour sa sœur, déclare Liam.

— Oui, il tenait beaucoup à sa sœur. Maintenant, je vais devoir m'occuper de sa fille…

— Non, Alice c'est ma fille ! D'accord, j'ai la lettre que Anna a écrite. Je peux te la prêter pour que tu la lises, coupe Liam.

— Hein, je ne comprends pas…

Gabriel commence à avoir la tête qui tourne.

— Assieds-toi.

Liam avance vers les chaises présentes dans le couloir.

— Je suis désolé. Anna m'a révélé ce qu'elle t'a fait. Elle m'a surpris sur cette phase si sombre, après son internement psychiatrique. Mon ex-copine Anna, je l'aimais, avoue Liam.

— Je la connaissais depuis le lycée et ces révélations me font mal. Elle ne m'a jamais parlé de son internement, répond Gabriel, ému jusqu'à en avoir les larmes aux yeux.

— Tu sais, je ne t'en veux pas. Elle m'a parlé de ton escapade amoureuse, que vous avez eu une relation. Elle voulait faire souffrir les gens pour exprimer son mal être. De plus, elle m'a expliqué un fait.

À ses révélations, Gabriel s'interroge sur ce fait qu'a pu raconter Anna sur lui.

— Elle m'a donné ceci et je ne sais pas ce que cela faisait dans ses affaires. Elle a dû te le prendre.

Liam tend un papier personnel. Gabriel n'en revient pas. Il sait maintenant la réponse, abasourdi par la vérité. Il sent le besoin d'être seul, il remercie Liam et n'a pas le cœur de voir son ami Franck, après ce lourd secret qu'il n'a jamais pu dire à Marine.

Gabriel va voir le médecin :

— Bonjour Gabriel ! Cela fait longtemps qu'on ne s'est pas vu ! s'exclame le docteur James.

— Oui, je… Je ne pouvais pas venir avant, j'ai eu quelques soucis personnels, avoue Gabriel.

— Bien, le principal est que vous êtes là ! répond le médecin.

— Oui, je suis prêt à entendre vos questions, s'exclame Gabriel.

— D'accord ! Vous souvenez-vous de l'accident ? demande le médecin.

— Oui, j'en sais même la cause, les images sont revenues quelques temps plus tard, explique Gabriel.

— Bien, je vous écoute, conclut le médecin.

Gabriel explique alors, en détails, cette fameuse Anna et l'annonce de sa fille qui l'a choqué. La voiture de son ami Franck qu'il n'a pas eu le temps de voir. Même la drogue donnée, Gabriel explique tout au médecin, qui reste sans voix après toutes les péripéties de cet homme.

— Bien, la mémoire vous est revenue, c'est une bonne chose. Votre accident est arrivé, il y a presque 3 semaines. Je voudrais savoir si vos douleurs sont encore là, si vous souffrez encore ? demande le docteur James.

— Et bien, pour tout vous dire non. Je ne sais pas si c'est la drogue ou si tout est soigné, mais je ne ressens plus rien, répond gaiement Gabriel.

— Bien ! Je suis content pour vous. On va enlever ces bandages et faire quelques radios pour vérifier, conclut le médecin.

Le docteur fait venir deux infirmières pour s'occuper de Gabriel et regarder l'état de sa jambe et de son bras droit.

Trente minutes, plus tard, le résultat tombe enfin. Pour Gabriel, ça passait lentement. Il avait peur, le stress montait quand le médecin arriva.

— J'ai une bonne nouvelle, vous êtes guéri ! s'exclame le docteur en donnant les radios au patient.

— Enfin, quel soulagement ! Encore merci, quelle bonne nouvelle, répond Gabriel.

Gabriel et le médecin James se font une poignée de main ferme.

Gabriel reçoit un message de Marine « Bonjour Gabriel, rendez-vous demain au *bar de l'amitié*, à 17 h. 15. Marine ».

Gabriel n'a pas envie de répondre et profite de la nouvelle pour sortir et se balader dans la ville ; il ira voir Franck demain. Aujourd'hui, il veut juste profiter.

Léna et Marine se retrouvent au bar de l'amitié, après la journée d'école.

— Re ma belle ! dit Marine en voyant arriver Léna.

— Re Marine. Vas-y, racontes-moi. Tu me connais, j'ai bien vu que tu étais beaucoup mieux. J'ai vu un changement en toi, répond Léna.

— C'est vrai, s'exclame Marine.

Léna et Marine prennent place autour d'une table en commandant leur boisson.

— J'ai rencontré quelqu'un que j'aime beaucoup, s'exclame Marine.

— Ah oui et Gabriel ? s'interroge Léna.

— C'est fini et il le saura très vite… Je ne ressens plus rien, j'ai même évité un baiser, dit Marine.

— Ah et il s'appelle comment ? répond Léna, curieuse.

— Kévin. Il est beau, fort, attentionné, doux. Je l'aime à le croquer chaque jour un peu plus. Mes sentiments sont plus forts chaque fois que je le vois et qu'on s'embrasse, ce que je n'ai jamais ressenti envers Gabriel.

— Depuis combien de temps êtes-vous ensemble ? Moi, je me sens désespérément seule, même si j'ai croisé un garçon qui ne m'a pas laissée indifférente, mais pour le moment, ce n'est rien de concret, répond Léna.

— Ça va faire presque deux semaines et qui est ce jeune homme ? se demande Marine.

Elles se prennent un fou rire pendant cinq bonnes minutes, quand Léna reprit son souffle.

— Il s'appelle Liam, mon sauveur, mais je pense qu'il aimait beaucoup Anna.

— Qui sait, au fil du temps… Après ce qu'il vient de se passer, il faut lui laisser un peu de temps, répond Marine.

— Oui, en plus, Anna avait une fille. Je l'ai vu l'emmener, lorsque je suis repassée près de cette maison, donc moi je ne sais pas si je suis prête aussi à m'occuper d'un enfant, avoue Léna.

— Tout se fera avec le temps. Oh, je n'ai pas vu l'heure passer, je vais rejoindre Kévin qui m'a préparé une soirée, s'exclame Marine.

— Profite ma belle. Je suis heureuse pour toi, à demain, répond Léna.

— À demain, conclut Marine.

Marine se met en route vers le restaurant où l'attend Kévin.

Chapitre 23

Elle arrive au rendez-vous où Kévin l'attend, à l'entrée du restaurant dans lequel règne une bonne ambiance.

Il la voit, habillée en robe rouge. Ça la met en valeur, il ne la quitte pas des yeux.

Dès qu'elle arrive à son côté :

— Tu es sublime, ma perle, tu es rayonnante, s'exclame Kévin en l'embrassant.

— Toi, tu es pas mal, mais je t'aime mieux sans tes habits, dit Marine en rougissant.

— Gourmande, entrons.

Elle est encore une fois émerveillée par cet endroit, une salle immense. Il emmène Marine dans une pièce où une surprise l'attend.

Au troisième étage, un hôte nous invite à le suivre à la table réservée, avec une vue magnifique sur Chinon et juste dessous, la Loire.

Marine retient ses mots. Rien ne sort de sa bouche.

— Cela te plaît ? s'interroge Kévin.

— Oh oui !!!! Magnifique, jamais je n'ai vu Chinon aussi beau et d'aussi haut avec toutes ces lumières ! s'exclame Marine en levant les mains vers le haut pour éprouver son émerveillement.

— Ah super ! Marine, ma perle, cela fait maintenant un mois qu'on se fréquente et pour te montrer l'amour que j'ai pour toi, j'ai voulu marquer le coup ! répond Kévin en baisant la main de Marine.

— Et il est marqué ! Je suis émue jusqu'aux larmes. dit Marine.

Tous les deux se regardèrent et le serveur habillé d'un pantalon noir, d'une chemise blanche, d'une veste noire, ainsi que d'un nœud papillon noir vient prendre notre commande avec un sourire. Nous avons un coup de cœur pour un menu et prenons le même.

*Entrée : Nuage Dubarry, gourmandise de choux-fleurs en son jus, croutons briochés.

*Plat : Pavé de faux-filet de bœuf « Rouge des Prés » poêlé et son concentré de bœuf, escalope de foie gras grillée, part de céleri rave en papillote.

*Dessert : Gourmandises de pomme rôties au caramel, pochées au vin rouge et confites en son jus, glace de crème fraiche, crumble noisette.

Quelques instants plus tard, le valse des plats commence. Les serveurs sont stylés, bien dans l'atmosphère du restaurant.

Un bon festin dans un château : La Table de Marçay.

Marine découvre le lieu magique : de grandes fenêtres parsèment le château-restaurant, elle observe la vue. L'espace est grand et lumineux. Des tableaux garnissent les murs. Une atmosphère chaleureuse et décontractée est présente ici. Le sol sur lequel sont disposés des tapis, des tables en bois avec des doubles nappes blanches, ainsi que des chaises en bois est marron, le dossier et le coussin des chaises sont de couleur jaune.

Kévin se lève à la fin et lui demande :

— Marine, mon amour, ma perle qui brille un peu plus chaque jour, qui fait palpiter mon cœur, puis-je habiter avec toi ? dit Kévin en prenant les mains de Marine.

— Oh Kévin, c'est oui, mon ange. Chaque jour, mon amour grandit pour toi. Dès que tu pars, tu me manques. Je suis heureuse que tu me le demandes, j'attendais ce moment avec impatience !

À cet instant précis, Kévin met ses mains sur chaque joue de Marine et approche sa bouche pour l'embrasser.

Marine adore frémit à l'amour qu'il lui procure chaque jour. Kévin va payer l'addition.

— As-tu passé une bonne soirée ? demande Kévin.

— Oui, excellente, répond Marine.

— Ce soir, je reste avec toi. Je ne veux plus de quitter, je t'aime de trop.

— Je t'aime plus que toi, mon ange.

Ils rentrent à la maison après cette délicieuse soirée passée. Marine se dirige vers la chambre. Kévin est étonné :

— Déjà mon amour ? s'exclame-t-il, en la regardant.

— Oui, toutes ces surprises méritent une récompense, je t'aime tellement, répond-elle amoureusement.

— Dans ce cas, je ne refuse pas, tu m'ensorcelles d'amour.

La nuit fut courte, Marine part travailler et Kévin prend son temps, car il est dépanneur informatique directement à domicile et ouvre seulement quelques heures sa boutique, surtout quand il a beaucoup de travail. En ce moment, c'est très calme.

Franck, de son côté à l'hôpital, toujours veillé par Liam, qui n'a pas quitté son chevet et ne va pas au travail. Il a prévenu son employeur qu'il n'ira pas travailler de la semaine.

Franck se réveille. La machine émet des sons.

Liam attendait dans le couloir et entre , content de voir son ami se réveiller.

Franck sort quelques mots :

— Anna morte ! Gabriel accident !

Et Franck se rendort, encore choqué par la nouvelle d'Anna, sa sœur.

Liam voit son téléphone à côté de lui et il voit que Gabriel a essayé plusieurs fois de le joindre.

Liam répond alors à l'appel :

— Salut Gabriel ! répond Liam.

— Salut, c'est toi, Liam, ? Pourquoi tu es avec le téléphone de Franck ? s'interroge Gabriel.

— C'est que Franck, ton ami… Il est à l'hôpital, dit Liam d'un air inquiet.

— Quoi ?! À l'hôpital ! Quelle chambre ? J'arrive ! s'exclame Gabriel en panique.

— Il est dans la chambre 225, au deuxième étage, aux soins intensifs, répond Liam.

— Merci, à tout de suite.

Gabriel monte dans sa voiture et se met en route vers l'établissement hospitalier. Trente minutes plus tard, il arrive et monte directement à l'étage concerné.

Gabriel craint le pire pour son ami et avance lentement vers la chambre, lorsque Liam en sort.

— Liam, merci de m'avoir répondu, alors qu'est-ce qu'il a ?

— Voilà, je t'explique. J'ai voulu lui dire que sa sœur était décédée et il a fait un malaise cardiaque.

— Oui, il est fragile du cœur. Il me l'avait dit et apprendre une nouvelle pareille, ça l'a profondément affecté.

— Oui, je ne le savais pas, mais j'ai voulu le lui faire savoir, même s'il était en froid avec sa sœur.

— Tu as eu raison, ça fait combien de temps qu'il est hospitalisé ?

— Ça fait deux jours, mais avant que tu arrives, il a repris ses esprits, pas longtemps et il a parlé.

— Qu'est-ce qu'il a dit ?

— Anna morte, Gabriel accident.

— C'est normal, c'est l'effet du choc. Je vais aller le voir.

— D'accord. Moi, je pars cela fait trois jours que je suis à son chevet. Je vais prendre un peu l'air, répond Liam en serrant la main de Gabriel.

— D'accord à la prochaine, Je serai peut-être parti à ton retour, conclut Gabriel.

Gabriel entre dans la chambre et voit son ami branché. Cela lui fait un froid. Il y a un mois, c'était lui qui était sur un lit d'hôpital. Franck sent une présence et commence à ouvrir les yeux. Sa main prend celle de Gabriel et il commence à parler :

— Je... Je suis content de te voir, Gabriel ! bégaie Franck.

— Moi aussi, je suis surpris de te trouver ici, mais c'est la nouvelle qui m'a touché, répond Gabriel.

—Gabriel, écoute-moi... Je n'ai pas voulu dire à Léna ni à ce Liam que je connais depuis peu. Je vais te confier un secret que personne ne sait.

— Bien, je t'écoute, tu es mon ami et mon collègue.

— Lorsque j'étais plus jeune, je suis allé à l'hôpital et on m'a diagnostiqué une maladie qui, malheureusement, ne se guérit pas. Au fil des années, même Anna n'était pas au courant. Alors, je te le dis à toi, car tu es prêt à l'entendre et je dois me confier avant de partir vers l'autre monde.

Gabriel, debout depuis son arrivée, prit place sur un siège, toujours la main de Franck dans la sienne. Il s'attend au pire.

Chapitre 24

Franck reprend son souffle et continue :

— Gabriel, tu es un ami, comme un frère que je n'ai pas eu. On a travaillé ensemble pendant de longues années, mais voilà, je souffre d'une maladie du cœur depuis mon enfance. Là, les médecins m'ont dit que j'en ai plus pour longtemps. La crise cardiaque que j'ai eue, a de nouveau réveillé ma maladie.

— Oh, non, mon ami, tu m'apprends une mauvaise nouvelle. Tu veux dire que tu ne le dis qu'à moi ? Je te remercie de ta confiance, mais je suis triste. Tu es mon seul véritable ami, je ne veux pas que tu me laisses.

— Écoute, on a eu des moments de rires, on se connaît depuis longtemps, mais voilà, il y a un moment où le temps s'arrête…

Après cette phrase que Franck n'a pas pu finir, Gabriel appelle l'infirmière qui lui annonce que c'est trop tard. Franck vient de rejoindre sa sœur Anna. Gabriel se sent seul.

Il regarde sa montre et découvre avec surprise qu'il est une heure du matin. Il se dirige vers le « bar de l'amitié ».

Liam se promène et entre dans le même bar que Gabriel. Le découvrant assis seul devant le comptoir avec un verre de shoot :

— Salut, mon ami, tu vas bien ? interroge Liam.

— Coucou… Non… Tout va mal, j'ai besoin d'être seul ! Laisse-moi me saouler, OK ! répond Gabriel.

— Ce n'est pas bon pour toi, tu veux en parler ? demande Liam.

— Non.

Il demande au barman la même chose et reprend un deuxième shoot de Vodka Caramel.

Liam voit qu'il ne parlera pas et lui dit « Si tu as besoin demain ou les jours à venir, je suis là… Appelle-moi ».

Liam s'en va, en regardant son ami dans un triste état. Il va s'occuper d'Alice. Il l'a laissée chez lui avec une nourrice, car ce soir il sortait.

Le lendemain, Marine découvre un message sur son téléphone. C'est Gabriel « Marine, excuse-moi de ne pas avoir été au rendez-vous. Je ne vais pas très bien en ce moment, j'ai eu trop de mauvaises nouvelles. J'ai besoin de temps. Pour notre couple, je ne sais plus où on en est. Je suis perdu et désorienté… À bientôt. »

Lorsqu'elle a lu le SMS, des larmes coulent et elle se pose beaucoup de questions.

Marine regarde la pendule et découvre qu'il est 7 heures. Gabriel lui a envoyé un SMS au court de la nuit. Elle décide de lui répondre plus tard.

Elle se prépare, met ses affaires et reçoit un second message, mais cette fois de Kévin « Ma chérie, tu me manques. Je suis content d'avoir passé un délicieux moment hier… Une très belle soirée, je t'en remercie. Je t'aime, j'ai hâte de te revoir. Bisous. »

Marine lit et sourit, folle amoureuse de Kévin et triste pour Gabriel. Elle pense à son amie Léna qu'elle va retrouver à l'école. Elle arrive dans la cour de l'école et voit Léna. Elle engage la conversation :

— Salut ma belle, comment vas-tu ?

— Bien et en même temps triste… Et toi ?

— Moi ça va, je me suis remise depuis Anna et tout ce qu'il s'est passé. Juste la vie de célibataire qui m'épuise. Aucun partage, je me sens seule. Pourquoi es-tu triste Marine ?

— Je comprends, parce que Gabriel a des mauvaises nouvelles et je voulais lui parler de ma nouvelle relation.

—Tu as rencontré une nouvelle personne. Tu vas quitter Gabriel et l'enfant que tu as essayé d'avoir avec lui ?

— Et bah voilà, j'ai su que je pouvais tomber enceinte avec les prises de sangs et l'échographie de mes ovaires est bonne aussi, donc j'ai bien peur que le problème ne vienne pas de moi, mais de lui.

— Je vois, mais tu ne le quittes pas à cause de ça ?

— Je t'expliquerai plus tard. Les cours vont commencer, on se voit ce soir après la classe ?

— Oui vers quelle heure ?

— Vers 18 heures, Léna, au parc pour changer du bar.

— D'accord, allez bisous.

La journée se passa bien, Marine se sent apaisée à côté de ses élèves, bien que certains n'écoutaient pas. Elle les met au coin. « Quelle journée, s'exclama-t-elle. »

Le soir, elle rentre vers 17 h. 15.

Marine répond au SMS de Gabriel « Gabriel, il faudra qu'on se revoie, quand tu voudras. On a des choses à dire… Fais attention à toi. »

Elle envoie aussi un message à Kévin « Mon amour, tu me manques aussi ; j'ai hâte de sentir ta chaleur contre moi, tes bisous, tes lèvres, ton corps. Ce week-end, je n'ai rien de prévu, on pourra peut-être se revoir. Bisous je t'aime, tu ne peux pas t'imaginer à quel point. »

Elle boit un petit café en regardant la fontaine que Gabriel à construit. Ça lui fait un froid, mais maintenant, elle veut tourner la page.

Bientôt l'heure de retrouver son amie Léna, elle se prépare et part au rendez-vous.

Marine a choisi un parc pour la changer du bar, elle aime voir d'autres gens. La vie, les familles, les animaux, cela la remplit d'une bonne atmosphère apaisante. Elle s'assoit sur un banc et attend son amie, car elle remarque qu'elle est en avance.

Chapitre 25

Léna arrive et voit Marine déjà sur le banc. Elle s'approche et lui fait la bise :

— Salut ma belle, je vois que ça se passe bien avec ce mystérieux Kévin, dit Léna.

— Oh oui, je me sens bien, même renaître, en femme. Avec Gabriel, c'était différent et je pense avoir vraiment tourné la page.

— Je suis heureuse pour toi, mais il faudrait le dire à Gabriel maintenant, avant qu'il ne pense qu'il a toujours une chance, car je vois en toi, une autre Marine qui s'ouvre et à l'école, je le remarque. Mais dis-m'en plus sur ce mystérieux Kévin…

— Il est charmant et même lorsque je fais l'amour avec lui, tu vois. Je me sens transportée vers le sommet de l'amour.

— Super, il est bon alors... la chance... moi et les mecs... Et la rencontre avec lui, comment ça s'est passé ?

— J'étais assise au bar, lorsque cet inconnu m'a accosté, mais gentiment sans être relou, le genre de mec qui se fait rare. Au début, je ne voulais pas car j'étais avec Gabriel, puis j'ai voulu saisir la chance car je ne voulais pas passer à côté. Je n'effacerai pas mes années vécues avec Gabriel, mais ce n'était pas l'homme qui me correspondait. Et toi, Léna, je suis sûre que tu vas trouver le bon. Si ça se trouve à la classe de neige en hiver, qui sait... ou dans la rue.

Les deux filles marchent près d'une marre éclairée. Le téléphone de Marine vibre. C'est la notification d'un message. « Je ne t'ai pas donné de nouvelles, je m'en excuse. Je dois te voir et parler. J'ai des choses à te dire, mais pas au téléphone. Je te demande de me rejoindre demain à vingt heures, si tu es libre, au restaurant où on a fêté nos huit ans de relation. Envoie-moi une réponse pour confirmer. Bisous et j'espère à demain. Gabriel »

Marine s'arrête, se laisse tomber dans l'herbe et laisse des larmes s'échapper. Léna ne comprend pas ce changement d'humeur soudain, alors que son amie rayonnait. Elle s'approche d'elle et la prend dans ses bras. Léna la regarde et essaye de lui parler et de la réconforter, Marine se lève et raconte les nouvelles reçues de Gabriel :

— Je pense qu'il avait besoin de temps et après Anna aussi. Ces épreuves n'ont pas été faciles et je peux le comprendre. Après, il a dû apprendre des nouvelles qui sont importantes et il veut t'en faire part. Je pense que ça sera bien de faire le point, car tu m'as dit que tu es avec Kévin depuis un mois, rien que tel qu'un bon dîner en tête à tête.

— Je sais. Demain, on sera vendredi et je serais stressée par la rencontre.

— Je m'en doute bien, mais je suis là et Kévin est là aussi. Tu n'es pas seule et on se tiendra au courant, mais tu vas y aller au rendez-vous demain, Marine ? D'accord ? Tu verras, après ça ira mieux.

— Oui, j'irai, mais le lieu qu'il a choisi me rend mal à l'aise…

— Ah oui, dis-moi, Marine, quel endroit ?

— C'est le restaurant de notre premier rendez-vous et où on a célébré nos huit ans de vie commune. Cela m'a fait revivre des souvenirs. C'est pour ça que je me suis effondrée en larmes. Je revoyais le passé.

— Oui, mais justement Marine, tu vas refermer la parenthèse que vous avez ouverte pour mieux avancer et je suis sûre que tout va bien se passer.

— Bien, tu es vraiment une amie. Merci pour tes conseils. Tu mérites tellement le bonheur. Tu en donnes à tes amis.

— Bon, ce n'est pas tout. Je suis contente d'avoir ce moment avec toi, mais je dois y aller. On se voit demain et n'oublie pas, il faudra qu'on parle de la classe de neige au directeur.

— Oui, Léna, à demain et on reparle pour les enfants. Bisous.

Une fois son amie partie, elle répond au message de Gabriel « Oui, je viens demain à *la Table de Marçay*. Je viendrai à 20 heures. Bisous. »

Gabriel ne s'attendait pas à ce qu'elle accepte et il espère que ça va bien se dérouler, bien qu'il ait à lui révéler deux infos importantes qui vont tout changer dans la vie de Marine.

Marine reçoit un autre message, mais de Kévin « Coucou ma princesse, je t'ai préparé une surprise à tout de suite. Bisous je t'aime. »

Marine est aux anges depuis que Kévin a emménagé avec elle, mais demain, ils ne mangent pas ensemble et il faudra qu'elle lui dise. Comment va-t-il réagir ?

Elle arrive à la maison, pose son sac dans l'entrée et voit une allée de bougies avec des pétales de roses rouges, jusqu'à la table de la cuisine. Elle est très touchée par cette belle surprise :

— Kévin, c'est beau ! Je rêve, quelle merveille !

— Oui et ce n'est que le début ma perle. Je t'ai préparé un festin avec un bon vin. J'ai voulu te faire plaisir.

— Merci, c'est tellement beau et il est magnifique ce bouquet de roses rouges et les rubans. Je t'aime, tu as bon goût question déco, je te découvre un peu plus chaque jour.

— Oui, j'aime mon côté mystère. La déco avec les couleurs, c'est mon petit bonus.

— C'est super.

Kévin va chercher les assiettes. Marine goûte des mets qu'elle ne connaît pas et elle savoure les plats si bons, avec une douceur qui fond à chaque bouchée. Tous les deux trinquent à cette soirée et Marine sent que c'est le moment pour lui dire pour demain soir :

— Mon amour, je me suis régalée ce soir, mais je dois te dire une chose. S'il te plaît, ne te fâche pas et laisse-moi finir, Kévin.

— Oui, Marine, vas-y, je t'écoute.

— Demain soir, on ne mangera pas ensemble. Je dois mettre les choses au clair avec un garçon. Il a des choses à me dire et moi, je dois lui dire pour notre relation.

— Mais qui est ce garçon ? C'est ton copain ?

— C'est un homme avec qui j'ai vécu avant de te connaître et je suis heureuse avec toi. C'est ce que je compte lui dire. Je dois mettre à terme à notre relation.

— Quoi ? Mais tu es avec lui et avec moi ? Marine, je suis désolé, mais je ne le savais pas. Je t'ai préparé une surprise et tu viens de tout gâcher. Merci pour ta franchise, mais je ne dors pas ici ce soir. Tu peux le comprendre. Je vais dormir à l'hôtel, car j'avais déménagé mes affaires du petit studio.

— Non, attends Kévin, ne me laisse pas, je voulais être franche et il s'est passé des choses très dures pour lui, ce pourquoi, je n'ai pas pu lui dire avant.

— Eh bien, règle tes affaires et on en reparle.

Kévin prépare en vitesse sa valise et claque la porte en partant. Marine se sent seule et elle va passer une mauvaise nuit.

Chapitre 26

Marine se réveille dans le lit et se souvient que Kévin est parti et elle ne sait pas quand il va revenir.

Elle regarde l'heure : « *Quatre heures du matin. Je ne vais pas être en forme. J'ai pratiquement tourné toute la nuit. J'ai peur que Gabriel ait encore des sentiments pour moi car, officiellement, je n'ai pas encore cassé avec lui. La journée va être longue, je vais essayer de dormir un peu* » pense-t-elle.

Marine s'endort et n'entend pas le réveil.

Soudain, son téléphone se met à sonner. Marine ouvre difficilement les yeux et sans regarder le nom, elle décroche :

— Oui… dit Marine à peine réveillée.

— Marine, tu vas être à la bourre. Il est 8 h. 20 et les cours commencent à 9 heures. Dépêche-toi. Bises.

— Oh non, déjà. Je me prépare et j'arrive.

« Voilà mauvaise nuit, mauvaise journée. Ce n'est pas la pleine lune, mais en même temps on est vendredi treize avril. Je ne suis pas superstitieuse, mais bon, je ne suis jamais arrivée en retard. Allez zen, tout va bien se passer » se dit-elle pour positiver.

Marine arrive enfin à l'école, le directeur lui dit bonjour et Léna voit son amie :

— Salut Marine, on s'est vu hier, on a discuté et là je te vois, tu as une mauvaise mine. Tu as mal dormi ? Viens, on va en parler dans ta classe pendant que tu te prépares.

— Coucou Léna, oui, j'ai passé une très mauvaise nuit et pour tout dire je n'ai dormi que quelques heures, raconte Marine en arrivant dans la salle de cours.

— Explique-moi.

— Kévin m'avait proposé il y a une semaine d'emménager chez moi. J'ai tout de suite accepté, car c'est ce que j'attendais, sauf que je ne lui ai pas dit que j'étais encore avec Gabriel. On a vécu chacun de notre côté des aléas et, comme je te l'ai dit hier, je n'ai pas pu rompre notre relation. Alors Kévin m'avait préparé une délicieuse soirée et j'ai tout foutu en l'air, quand je lui ai dit que je vais revoir cet homme demain et que je ne mange pas avec lui. Du coup, il dort à l'hôtel, d'où ma mauvaise nuit, expliqua Marine.

— Et ne t'inquiète pas, mais ça se comprend, ma belle. Ecoute, en ce moment et depuis un mois, tu trompes les deux et Gabriel ne le sait pas. Après ce rendez-vous, les choses seront à plat et Kévin va revenir.

— Oui, tu as sûrement raison. Je pense que je me fais trop de soucis. Merci, tu as toujours les mots pour me soutenir.

— Marine, ce n'est pas pour te réconforter, mais à la vérité, tu es entre deux pour l'instant et Kévin se sent partagé avec un autre homme, donc il se sent mal vis-à-vis de votre couple. D'accord, je vais dans ma class. Allez, courage et si tu ne tiens pas le coup, viens me parler pendant les pauses.

— Je retiens tes paroles, tu fais beaucoup pour moi. Depuis que je te connais, notre amitié ne change pas. OK, à tout à l'heure et puis, on peut rigoler aussi.

Les filles se mettent en place. La matinée s'est bien déroulée, à part qu'un enfant est parti à l'infirmerie pendant la pause, car un camarade l'a bousculé. Heureusement, rien de grave ! Un pansement et la journée continue ! Marine mange à la cantine et rigole avec Léna. Pour se soulager, elles se font des blagues ; le directeur est content de voir ses collègues rigoler et sans faire trop bruit, car les enfants mangent dans la même salle.

Le soir arrive, Léna lui dit qu'elle peut l'appeler, après le rendez-vous si elle veut parler. Marine lui fait la bise.

Marine rentre chez elle et prend une douche pour décompresser. Malgré les rigolades de la journée, elle se sent encore stressée. Elle passe les jets d'eau sur sa peau et ferme les yeux. Elle repense à Kévin qui passe ses mains sur son corps, pendant un long moment. Elle reprend ses esprits et pense à Gabriel. Elle sort de la salle de bains et se dirige vers la chambre. Elle ne sait pas quoi mettre, car ce n'est pas un dîner romantique, mais plus un rendez-vous pour mettre les points sur les « I ».

Après avoir essayé plusieurs tenues, Marine a choisi un pantalon noir en velours, ainsi qu'une chemise blanche et un gilet gris. Enfin prête, elle se met en route pour le restaurant *la table de Maçay*. « C'est vrai qu'il s'est passé deux choses, l'une notre rencontre et ce soir notre rupture... »

Marine attend devant l'entrée du restaurant, lorsqu'elle voit Gabriel arriver. Ils se font la bise, comme deux bons copains. Gabriel n'ose pas l'embrasser sur la bouche pour le moment, car cela fait un mois qu'ils ne sont pas vus :

— Bonsoir Marine, je suis content que tu sois venue à mon rendez-vous. J'ai réservé la salle rien que pour nous deux. Le serveur a déjà le menu qu'il doit nous servir. J'ai pris les devants pour te faire la surprise.

— Bonsoir Gabriel, merci, j'ai accepté, car on doit se parler, je te suis.

Gabriel avance et se dirige vers la table. Le serveur leur pose les apéritifs :

— Comment vas-tu Gabriel ?

— Moi, je suis triste, je ne mange pas grand-chose depuis les dernières nouvelles que je viens d'apprendre.

— C'est triste, mais courage, tout va s'arranger.

Le serveur débarrasse la table :

— Non, Marine, cela ne va pas s'arranger, on ne peut rien faire, les larmes lui montent aux yeux.

— Alors je suis désolée et j'ai envie que tu m'en dises plus sur ces nouvelles, Gabriel, en lui serrant la main.

— Oui, je t'expliquerai et tu comprendras mieux ce que je vis en ce moment.

Le serveur place les plats principaux et dépose une bouteille de vin :

— Et toi, Marine, comment vas-tu ?

— Ne te soucie pas pour moi. De mon côté, tout va pour le mieux.

— Je suis content alors et notre histoire, Marine où en est-elle ?

— Justement, c'est de ça que je suis venue te parler, mais avant d'entamer cette discussion, dis-moi tes nouvelles s'il te plaît.

Gabriel prend une grande respiration, comme s'il allait faire une plongée et il raconte :

— Bon d'accord, puisque tu le veux, je me lance. J'ai eu des résultats concernant ma sexualité. Je suis stérile, je ne pourrais pas te donner ce que tu désires avoir. Si depuis notre séparation de la dernière fois, tu as trouvé quelqu'un, cela va me faire souffrir, mais je veux ton bonheur.

Marine est émue. Elle ne s'attendait pas à cette déclaration. Il lui a avoué une partie, il est stérile.

Maintenant, Marine a sa réponse, elle sait pourquoi elle n'a pas réussi à avoir d'enfant avec lui :

— Je me doutais que tu sois stérile, c'est triste pour toi et merci de me rendre la liberté, mais je n'oublierai jamais les années passées ensemble. Je t'ai aimé. Oui, j'ai trouvé une personne qui maintenant partage ma vie.

— Alors, bonheur à vous deux, je ne t'en veux pas, mais la seconde nouvelle risque de d'affecter profondément.

— Pourquoi qu'est-ce qu'il s'est passé ?

— C'est à propos de Franck, tu sais notre ami ?

— Il lui est arrivé quoi ?

— Liam, l'ami d'Anna, m'avait annoncé qu'il était à hôpital donc je suis allé le voir.

— Et ?

— Je suis resté à son chevet et il m'a expliqué qu'il avait une maladie du cœur depuis sa naissance. Marine, je suis désolé, il est parti rejoindre sa sœur au ciel.

— Non, dis-moi que ce n'est pas vrai, on était une petite bande tous les trois, cela est fini. Franck était simple, je l'aimais beaucoup et Léna aussi.

Marine fond en larmes et va aux toilettes. « Franck allait bien. Jamais je n'aurais cru qu'il serait mort si jeune. Reprends-toi ma belle. Lorsque je vais l'apprendre à Léna, mon amie, qui le connaît depuis des années » pense-t-elle.

Marine se passe un peu d'eau sur le visage et nettoie son maquillage qui coule. Maintenant, elle retourne rejoindre Gabriel.

Il voit qu'elle a pleuré :

— Je suis désolé, Marine. Moi aussi sa mort m'a particulièrement choqué, Franck, avec qui je travaillais depuis des années. J'ai beaucoup pleuré et j'ai attendu quelques jours avant de te l'annoncer. Je ne pouvais pas te le dire plutôt et avec ce que m'a fait subir Anna sa sœur, je ne pouvais pas retourner en arrière.

Gabriel prend la main de Marine et la caresse doucement. Marine lui fait donc part de toute sa tristesse.

— Je sais que pour toi, cela a dû être très douloureux, car cela l'est également pour moi, mais quoi qu'il arrive, je serai toujours là pour toi. Tu sais, ce n'est pas parce que j'ai rencontré quelqu'un d'autre que moi, j'ai envie de t'oublier. On doit rester en contact pour s'aider. Je ne veux pas qu'il t'arrive quelque chose, répond Marine en le regardant dans les yeux.

— Merci, tu as été la plus merveilleuse des femmes, j'ai passé huit ans à côté de toi, ce sont mes meilleures années.

— Merci Gabriel pour ces révélations, tu sais pour moi, ces années passées à tes côtés m'ont aidée à me savoir et rien avoir avec ta stérilité, mais il me manquait un petit truc pour que je vois ma vie étinceler.

Le serveur amène les desserts.

Ils mangent et apprécient ce repas où ils ont pu échanger. L'un et l'autre sont complémentaires. Certes, Gabriel est triste que Marine ait une autre personne dans sa vie, mais il ne le prend pas mal et pense que c'est mieux ainsi. Marine a promis à Gabriel de rester son amie.

Chapitre 27

Kévin est revenu chez Marine. Après une nuit loin d'elle, sa présence lui manquait trop.

Marine rentre chez elle et le voit la regarder avec un air jaloux. Elle se demande ce qu'il se passe :

— Salut chéri, qu'est-ce qu'il se passe ? Je n'ai pas vu l'heure.

— Je t'attendais, mais beaucoup plus tôt. Il est minuit passé. Je ne veux pas être méchant, mais tu m'invites à m'installer et tu n'es pas là. Je me sens seul sans toi.

— Excuse-moi, mais j'ai appris des mauvaises nouvelles. Cela m'a chamboulée, alors j'ai marché dans la ville pour m'en remettre. Je ne m'attendais pas à de telles révélations de mon ex. Maintenant, on a mis les choses au clair et je me sens mieux. Je lui ai dit que j'étais heureuse et cela l'a touché et c'est ce qu'il voulait.

— Bien, mais ma perle, je me faisais du souci pour toi. Tu sais le soir sans ta présence, c'est comme une fleur sans pétale. Je t'aime et je ne me pardonnerai jamais s'il t'arrivait quelque chose de mal.

— Je te remercie Kévin, mais comme tu peux le voir, je suis là et à vrai dire, ce soir, je suis crevée, on en reparlera demain.

— Bien, je te rejoins. Une amie à toi, Léna, si je me souviens, à essayer de te joindre sans laisser de message.

— Oui, je lui répondrai demain. J'ai oublié de prendre mon portable ce soir. Allez, viens te coucher, ton corps m'a beaucoup manqué.

— J'arrive mon amour, je te rejoins.

Le lendemain, Marine repense à ce que Gabriel lui a raconté. Elle est encore choquée. Franck était un ami, il traînait tous les quatre ensemble : Léna, Franck, Gabriel et Marine. Le club des quatre n'existe plus désormais, il est divisé.

Marine pense alors à une idée. Ce week-end, elle va inviter Léna pour qu'elle fasse la connaissance de Kévin et lui dire la vérité pour Franck. Cela va être dur à avaler, mais il faudra lui dire :

— Chéri, je vais inviter mon amie à manger avec nous. Elle fera connaissance avec toi et j'ai des choses à lui dire.

— D'accord et quand ?

— Pourquoi pas ce soir ? Puis demain, on sera en amoureux.

— Oui, pas de souci. Bon je file, à tout à l'heure.

— À tout à l'heure, tu me manques déjà.

Kévin part et Marine appelle son amie Léna :

— Allô ma belle ?

— Alors, comment vas-tu Marine ?

— Je vais bien, enfin, façon de parler. Dis-moi ce soir, tu veux venir à la maison ? Je te présenterai le mystérieux Kévin.

— Bien sûr, ma belle et tu m'expliqueras pourquoi tu ne vas pas bien. Je suis heureuse de rencontrer ce Kévin qui te fascine depuis un mois déjà.

— Ok, viens vers 20 heures, on va discuter.

— D'accord à ce soir, bisous.

Marine prend soin de faire la cuisine cet après-midi, une nouvelle recette qui, elle espère, plaira à ceux qu'elle aime.

Quelques heures plus tard, après avoir passé du temps aux fourneaux, elle se change, prend une bonne douche. Ensuite, elle regarde dans sa garde-robe pour une tenue légère. Elle en essaie plusieurs, puis en trouve une qui lui va à merveille. Une robe noire avec des paillettes et des chaussures à talons.

L'heure arrive. Kévin rentre à 19 h. 45 :

— Tu es ravissante, ma douce, je t'aime et quelle délicieuse odeur… Tu as bien travaillé. On va se régaler, dit-il en l'enlaçant et l'embrassant.

— Oui, je l'espère. C'est une nouvelle recette, alors on verra.

La sonnette retentit.

Léna arrive à son tour :

— Bonsoir Marine et bonsoir Kévin, ravie de vous rencontrer. Marine m'a beaucoup parlé de vous, dit-elle en entrant dans la maison en voyant le couple.

— Bonsoir Léna, enchanté. Alors ma femme a beaucoup parlé de moi, pas en méchant, j'espère ? répond Kévin en taquinant les filles.

Marine, Léna et Kévin s'installent dans le salon. Marine a amené quelques gâteaux apéros et les verres, ainsi qu'une bouteille de rosé :

— Kévin, je vois que tu rends Marine heureuse. Elle s'est métamorphosée et Marine, qu'a-t-il dit Gabriel au sujet de ta situation ?

— Léna, je fais ce que je peux pour la rendre heureuse. Je n'ai jamais vu une femme aussi charmante et chaleureuse qu'elle. C'est la première femme en qui j'ai confiance et que j'aime.

— Alors, il a dit qu'il était heureux pour moi. Il m'a expliqué la raison pour laquelle je ne pouvais pas avoir d'enfant. Je suis soulagée de savoir la vérité.

Maintenant Léna et Kévin passent à table. Marine va chercher le plat qu'elle a confectionné avec amour.

Des carbonnades flamandes à la joue de bœuf et à la bière trappiste, le tout servi avec une bonne bouteille de vin :

— Ça sent bon, Marine, tu as du talent pour cuisiner. Ce sera un régal, s'exclame Léna en regardant le plat.

— Ma chérie, tu t'es dévouée pour nous ce soir, quel festin, dit Kévin.

— Oui, je voulais marquer le coup pour la première rencontre.

Tout le monde commence à manger et à goûter son assiette. Marine pense que maintenant, c'est le moment de dire la vérité pour Franck :

— Léna, je dois t'avouer quelque chose, mais cela sera dur !

— Je t'écoute Marine, dis-moi !

— C'est dur à entendre, mais tu dois être au courant, Franck est parti rejoindre Anna. Il va nous manquer.

— Quoi ! Marine, tu n'es pas sérieuse… Dis-moi que c'est une blague, s'il te plait, s'exclame Léna, débordant de larmes en secouant Marine.

— Non, je suis désolée, je l'ai appris par Gabriel. Maintenant, tu sais la raison pourquoi j'ai été bizarre, il y a quelques jours.

— Je suis désolée, Marine, mais je vais y aller. J'ai besoin d'être seule. J'ai été heureuse de vous connaître. Kévin, peut-être à bientôt. Marine, à plus tard. Bisous.

Léna s'en va le cœur en miette.

Marine et Kévin continuent la soirée. Elle est triste pour son amie.

Chapitre 28

Gabriel ne se sent pas bien. Des mois sont passés et il se sent seul, triste. Marine essaie de réconforter son ex, mais en vain. Il fait une grave dépression et il décide de déménager de cette ville qui lui rappelle trop de souvenirs.

Pour Marine et Léna, c'est le grand jour. Nous sommes le 1er décembre. La classe part à la neige pour une semaine. Les parents ont pu participer pour préparer le départ. Ils partent à Chamonix-Mont-Blanc en bus. Ils sont très heureux.

Marine, pendant le trajet, appréhende de laisser Kévin tout seul, mais Léna voit le voyage autrement.

Après onze heures de trajet, les quinze enfants sont très fatigués. Marine découvre le chalet, il est encore plus beau en vrai qu'en photo. Léna a tellement hâte, car elle en a marre de tomber sur des plans nazes qui ne finissent jamais en relation sérieuse. Elle rêve d'avoir une histoire sérieuse comme Marine et Kévin. La mort de Franck l'a beaucoup affaiblie.

Le soir, vers 19 heures, les enfants font une bataille de boules de neige. Léna et Marine descendent les affaires des élèves.

Quelques temps plus tard, dans la cantine du chalet, les enfants sont calmes. Marine et Léna font un récapitulatif de la semaine :

— Marine, je suis heureuse d'être là et les enfants aussi, ils sont sages. J'espère que la semaine va bien se passer. Nous avons beaucoup de choses à leur apprendre et ils doivent avoir leur premier flocon à la fin de la semaine, s'exclame Léna.

— Léna, tout va bien se dérouler, OK et je suis sûre qu'ici, tu es venue pour rencontrer quelqu'un. Tu te sens un peu mieux qu'à l'école. Tu ne faisais que penser à Franck.

Moi aussi j'y pense, mais il faut continuer de vivre et pour Anna, les enquêtes ont conclu à un suicide.

— Oui, mais vois-tu cela fait maintenant quatre mois que ça s'est passé et je fais doucement mon deuil. C'est encore douloureux. Oui, je dois rencontrer une personne, mais j'attendais le bon moment pour te le dire. Merci pour ces mots.

— Ok. Ici, les enfants vont skier et rire, alors ne t'en fais pas. Tu ne seras pas seule comme à la maison.

— Oui, ne t'inquiète pas ça va aller. Avec Kévin, ça se passe bien ?

— Oui, pour le moment, j'ai fait des tests de grossesses, mais rien… Je ne désespère pas et je pense qu'avec le temps, ça ira.

— Je suis sûre que ça arrivera le jour où tu t'y attendras le moins. Dis-moi, tu as des nouvelles de Gabriel ? Je sais que tu as tourné la page, mais j'ai quelque chose à te dire.

— Oui, qu'as-tu à me dire ? Tu sais, c'est mon ex, mais j'essaie d'avoir une bonne relation. Ce n'est pas la peine de le mépriser, il n'y est pour rien si pour nous deux, notre couple n'a pas fonctionné.

— Justement, je sais que tu entretiens une relation fusionnelle, mais tu ne le croiseras plus en ville.

— Qu'est-ce que tu veux dire Léna ? Il n'a pas fait de faux pas ?

— Non, son appartement est à vendre. J'ai voulu lui rendre visite et il n'était plus là. Toutes ses affaires et sa voiture avaient disparu. Alors c'était pour savoir si tu savais où il est allé, car il y a une chose qu'il m'a dit de ne pas te révéler.

— Donc il a décidé de partir. Cette ville lui rappelait trop de souvenirs entre Anna et Franck.

— C'est ça. Il avait même fait une dépression. C'est çà son secret et un jour avant son départ, il m'a dit « Occupe-toi de Marine, je ne veux pas la blesser, mais je dois partir de cette ville, je n'ai pas le courage de lui dire adieu. »

— Mince, il était en dépression et je n'ai rien vu. C'est vrai que je passais moins le voir. Je l'appelais pour avoir des nouvelles. Maintenant son numéro n'est plus attribué.

— Marine, je pense qu'il veut couper les ponts. Je ne sais pas pourquoi. Pour peut-être commencer une nouvelle vie.

— Léna, il est temps d'aller coucher les enfants. Demain, la journée va être dure, si nous aussi on n'y va pas. Merci pour cette vérité concernant Gabriel.

Marine et Léna vont mettre les enfants dans leurs chambres. Certains sont capricieux.

Marine va dans sa chambre et s'endort fatiguée de la journée. Léna envoie un message à une personne « *Bonsoir mon love, c'est Léna. Je suis arrivée à la station de ski, j'ai tellement hâte de te rencontrer. Je ne pense qu'à ce jour. Lorsque tu m'as déposé une jolie lettre dans ma boîte aux lettres, parfumée à une fleur de montagne, j'ai été heureuse, Je t'embrasse R.* »

À ces mots, elle s'endort et se met à penser au lendemain, le jour J.

Chapitre 29

Léna pense à son homme qu'elle va rencontrer à la nuit tombée, lorsque les enfants vont être couchés. Marine sait que Léna a quelqu'un dans sa vie, mais ne veut pas lui imposer ses questions :

— Ça va Marine, bien dormi ? Tu es prête pour le premier jour ? Les enfants vont être excités et certains d'entre eux n'ont jamais fait de ski. C'est la première fois.

— Léna, j'ai fait un joli rêve. Je te raconterai plus tard. Il faut s'occuper de cette classe. Pour moi, ce sera la première fois aussi que je vais skier. Je ne suis jamais venue au ski :

— Tu as raison ! Allons-y, on va s'amuser !

— Et toi, es-tu déjà venu skier ?

— Moi oui. Je suis partie, il y a longtemps, seule en louant un petit appartement et voilà maintenant, je sais arpenter les pistes. On a un moniteur de ski qui vient pour les enfants.

— Oui, on va le rencontrer à 9 heures. D'ailleurs il est bientôt l'heure et les enfants n'ont pas encore mangé.

Léna et Marine s'occupent des élèves et les emmènent au réfectoire. Après avoir dégusté un bon petit-déjeuner, en route pour les pistes.

Un mystérieux et beau jeune homme arrive :

— Bonjour les filles, enchanté de vous rencontrer. Je m'appelle Ruben, dit-il en les regardant.

— Bon... Bonjour, Ruben. Je m'appelle Léna et voici mon amie Marine.

— Bonjour, comme a dit mon amie, je m'appelle Marine, voici les quinze enfants de CM1 et CM2. Ils sont très heureux d'être là.

— Je vois, je vais m'en occuper et ils vont être des champions. J'ai vu que vous ne restez pas longtemps.

La journée se passe bien avec quelques glissades et un enfant qui est allergique aux chaussures de ski, donc Marine a choisi de rester avec lui. Quel dommage, il ne peut pas skier.

Léna et Ruben passent du temps ensemble. La première journée a été mouvementée. Les enfants n'écoutaient pas trop, très chamailleurs, surtout avec le jeu de slalom.

Léna envoie un message à Marine « *Je ne suis pas disponible ce soir, je suis en compagnie avec un homme. Merci de t'occuper des enfants s'il te plait, je te revaudrais le service. Bisous ma belle* »

Marine à la lecture de son message, répond immédiatement « *D'accord, mais tu me diras tout. Profite bien, je croise les doigts pour vous deux. Bisous.* »

Marine prend en charge les enfants, direction le réfectoire. Léna et Ruben, eux, filent vers un petit restaurant, en tête-à-tête.

Du côté de Léna.

— Alors, ton vrai prénom, c'est Ruben. Enfin je te vois sans nos combinaisons !

— Oui, j'avoue que j'attendais ce moment depuis longtemps. Depuis que tu es venue la dernière fois, c'était tellement court, mais tu m'as dit une chose au téléphone « On devrait penser à notre avenir. »

— Oui, tu sais, il faut qu'on trouve un moyen pour nous, car tu sais Ruben, tu es l'homme que j'attendais, trois mois que notre relation dure et ce n'est que le début. J'ai aimé notre rencontre un peu brusquée, mais après, je suis tombée amoureuse de toi. Néanmoins, le choix est difficile.

— Tu sais, pour moi aussi, ce n'est pas évident, mais ici, le ski j'adore, je n'ai pas de famille. Il n'y a personne qui me retient, juste ma passion et mon rêve. Toi qui habite à Chinon, c'est ta carrière. On va y réfléchir chacun de notre côté, mais sache une chose, je n'ai pas envie d'être seul. Une nouvelle fois, se parler juste par SMS et par téléphone, ce n'est pas pour moi. J'ai envie de t'embrasser, de te toucher et te faire l'amour jusqu'à la nuit tombée. Tu m'as tellement manqué.

— Oh moi aussi, je t'aime. Je veux passer chaque jour à tes côtés, sentir la chaleur de ton corps à mon réveil. Dès que je rentre à la maison, avoir quelqu'un qui m'attend, tu es une bonne étoile.

« Ruben est beau à faire tomber plein de filles avec son sourire, il est grand, il fait 1 m. 80, avec ses cheveux châtain clair et son tatouage sur le bras : Léna pour la vie. Je l'aime, il est simple et ne se prend pas la tête. Nous avons juste notre décision à prendre. Nous nous aimons et nous ne voulons pas nous quitter et repartir chacun de notre côté. »

Après notre très bonne soirée à nous embrasser et à vouloir rester dans les bras l'un de l'autre, il est temps de se quitter. Je ne laisse rien paraître devant ma copine et je lui dirai à la fin de notre séjour, dès que j'aurai pris ma décision pour Ruben.

Je rentre rejoindre Marine qui dort déjà. Je regarde l'heure et voit qu'il est déjà minuit et demi. Le réveil va être dur, sachant qu'on se lève à sept heures toute la semaine, mais j'en profite un max. Malgré mon âge, on a un peu de différence d'âge entre moi et Ruben, mais je l'aime tellement.

Le lendemain, mercredi 3 décembre, Marine me réveille, car je n'ai pas entendu mon réveil. Tous les enfants sont prêts à aller prendre le petit-déjeuner :

— Bonjour Léna, dur le décollage ce matin ? Tu as dû passer une merveilleuse soirée avec cet homme. Je pense avoir un petit indice pour deviner qui c'est.

— Bonjour Marine, oui une excellente même. J'ai adoré, ses mains tout, mon désir de le revoir.

— Super la miss. Tu sais que les quinze enfants ont bien progressé et je suis sûre qu'ils vont l'avoir leur flocon et celui qui était bloqué dans l'appartement peut refaire du ski, mais moins longtemps que les autres.

— Cool, c'est une bonne nouvelle.

Les deux filles se remettent au travail et jusqu'à la fin de la semaine, Ruben et Léna ne se lâchent plus.

Le dernier jour, c'est le jour J pour les enfants qui doivent tout faire pour avoir leur flocon. Ils se remémorent ce qu'ils ont appris et le font avec splendeur.

Les quinze camarades de classe attendent avec impatience le verdict final.

Tous en rang, Ruben arrive et leur tend leur premier flocon de neige avec l'étoile.

Le moment fatidique arrive pour Ruben et Léna. Que vont-ils décider, maintenant qu'ils viennent de se retrouver et qu'ils s'aiment ?

Chapitre 30

Léna et Ruben savaient que ce jour arriverait, mais pas aussi vite.

Pour le dernier jour, ils préfèrent se voir dans l'après-midi. Les enfants ont bien travaillé en classe en apprenant les animaux qui vivent dans la montagne et ont bien skié :

— Ruben, tu as réfléchi pour nous, notre avenir ? demande Léna en lui prenant la main.

Il me regarde dans les yeux.

— Oui, j'ai réfléchi, je suis prêt à te suivre. Où tu iras, je te suivrai.

— D'accord Ruben, je ne veux pas abandonner mon métier de maîtresse, ni mon amie Marine. Alors tu voudras me suivre loin de ce paysage magnifique ? Loin de cette neige et de ce havre de paix.

— Oui, je le ferai par amour pour toi ! Car je t'aime ! Tu es la femme dont je rêvais, avec qui je veux tout partager.

— Donc tu vas nous suivre en car ou tu partiras demain ? Il faudra que tu prennes toutes tes affaires ? Ça va être le premier Noël que nous allons passer ensemble !

— Oui, my love, je t'aime ! Je ne veux plus me séparer de toi. J'ai l'impression de revivre lorsque tu es à mes côtés et je prendrai mes affaires demain. Je dois trouver un camion pour déménager, mes meubles et quelques vêtements.

— Je suis tellement heureuse que tu viennes enfin emménager avec moi. Cela fait six mois que nous sommes ensemble. J'ai l'impression d'être tombée amoureuse de toi hier, car chaque fois que je te vois, tu me fais craquer comme la première fois où je t'ai fauché sur la piste. Quelle rencontre !

— Merci, mon amour, je vais devoir te laisser. J'ai encore quelques classes à former et il est bientôt l'heure du départ, mais je sais que dans deux jours, je serai à nouveau avec toi pour la vie.

Ruben s'approche, met sa main sur ma joue et m'embrasse tendrement. C'est tellement bon, avec son charme.

Lorsque j'entends mon téléphone vibrer « *Il est l'heure Léna, où es-tu ? Les enfants, ainsi que leurs affaires sont déjà dans le bus.* »

Le retour fut dur pour Léna, mais elle dit tout à Marine à propos de Ruben :

— Merci de m'avoir prévenue, Marine, j'ai eu une bonne journée et une bonne nouvelle.

— Vas-y, racontes moi tout ! Je suis ton amie et qui est ce mystérieux garçon ?

— Il s'appelle Ruben. Oui, notre moniteur de ski, il m'a offert une meilleure vie. Avant, je ne tombais que sur des nazes. il a su me faire tourner la page.

— Vraiment ! Super ! Enfin, un vrai petit couple comme moi et Kévin. Tu le mérites avec ce que tu as eu, mais comment s'est faite votre rencontre ? Je veux tout savoir.

— Bah je t'ai dit que ce n'était pas la première fois que je faisais du ski. Je dévalais les pentes la première fois et j'ai foncé sur une personne. On a descendu la piste et en quelques secondes, nous étions en bas. Moi, j'avais juste un nerf déplacé et une entorse. Lui, par miracle, il n'a rien eu !

— Ça s'appelle une rencontre choc, pas en douceur, mais maintenant le destin a décidé que c'était la bonne personne.

— Oui, je me sens pousser des ailes, comme une fée. Ma mère m'avait dit « Un jour, tu auras un miracle, un garçon va t'émerveiller. ». Elle ne s'est pas trompée.

— Exact ! Nous sommes arrivés, le retour est passé plus vite que l'aller.

Quelque temps plus tard, Marine retrouve Kévin et lui saute au cou. Elle est ravie de le rejoindre. Une semaine, ce fut long pour elle, loin de lui.

Le week-end, Ruben a déménagé toutes ses affaires et vit maintenant chez Léna. Une bonne complicité s'installe entre eux. Ruben avait fait d'autres études et maintenant il est pompier. Il aime sauver les vies. Malgré la vie mouvementée lorsqu'il y a des accidents ou incendies, il ne la quittera pas.

Marine et Kévin s'aiment toujours autant, Liam vit seul avec Alice.

Six mois plus tard, Marine a enfin une bonne nouvelle :

— Mon amour, je suis enceinte !!!

— Super ! Je suis le plus heureux des hommes ! Enfin ton rêve se réalise et le mien, je suis papa.

— Oui, je n'arrive pas y croire. Après tant de mois à essayer, je suis encore plus épanouie. J'ai eu beaucoup de complications et maintenant tous les problèmes sont derrière moi.

Fin

Retrouvez prochainement les péripéties de Gabriel et Marine dans le tome 2

Remerciements

Je remercie Laura Boulant pour sa bêta-lecture, elle m'a aidée à la correction ainsi que Jean-Noël Thilliez pour les retouches apportées au manuscrit.

Merci Béatrice Parmentier, mon amie pour le titre du livre.

Merci PRZ DRAWING pour la couverture.

Merci beaucoup SRCR pour la correction finale, tu as su rendre le texte fluide et supprimé les coquilles dans la globalité.

Merci aux personnes qui ont lu cette histoire sur Scribay, dans sa première version.

Merci à toutes les personnes qui m'ont soutenue et encouragée, mes amis et ma famille.

Merci à vous, les lecteurs et lectrices, sans oublier les chroniqueuses.

Ce roman vous a plu ?

Laisser un commentaire sur Amazon !

★ ★ ★ ★ ★

Disponible sur

Printed in Great Britain
by Amazon